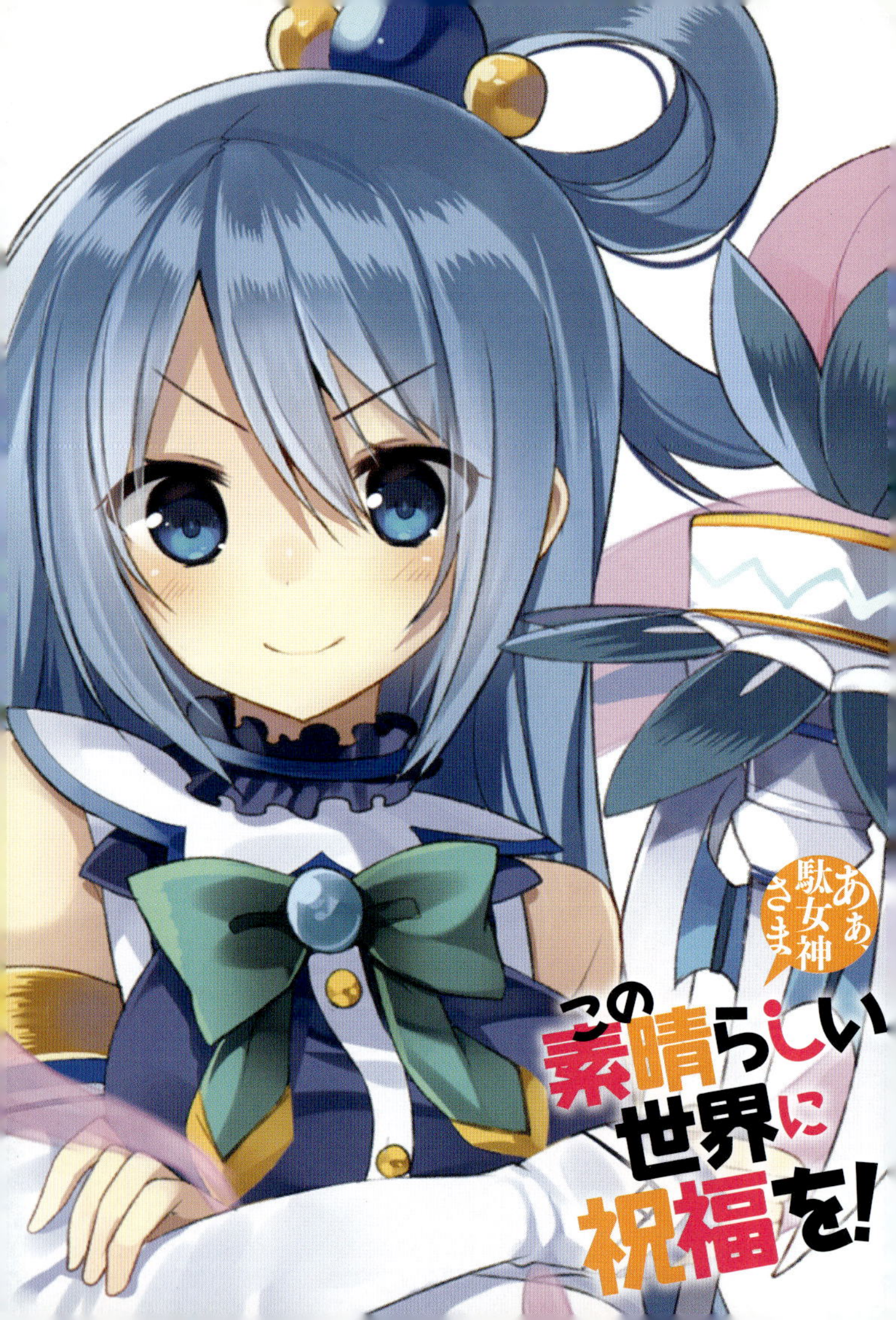
ああ、駄女神さま
この素晴らしい世界に祝福を!

アクア
めぐみん
……すいません、私にもお水ください。
この世界のキャベツは飛ぶわ。……ってちょっと、その肉は私が目をつけてたヤツよ！

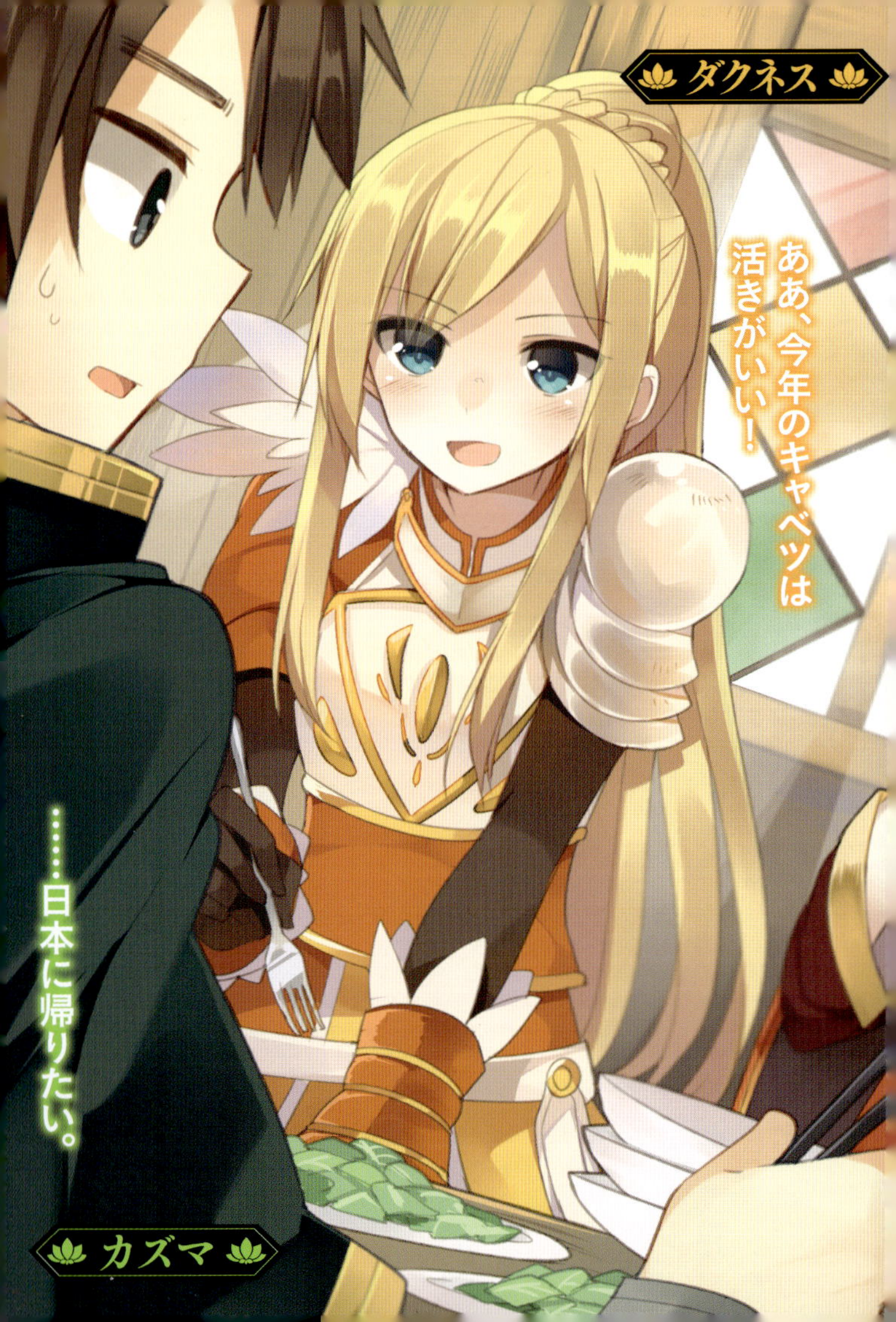
ダクネス
ああ、今年のキャベツは活きがいい！
……日本に帰りたい。
カズマ

ぐすっ……。
生臭いよう……。私はもう、
汚されてしまったわ。

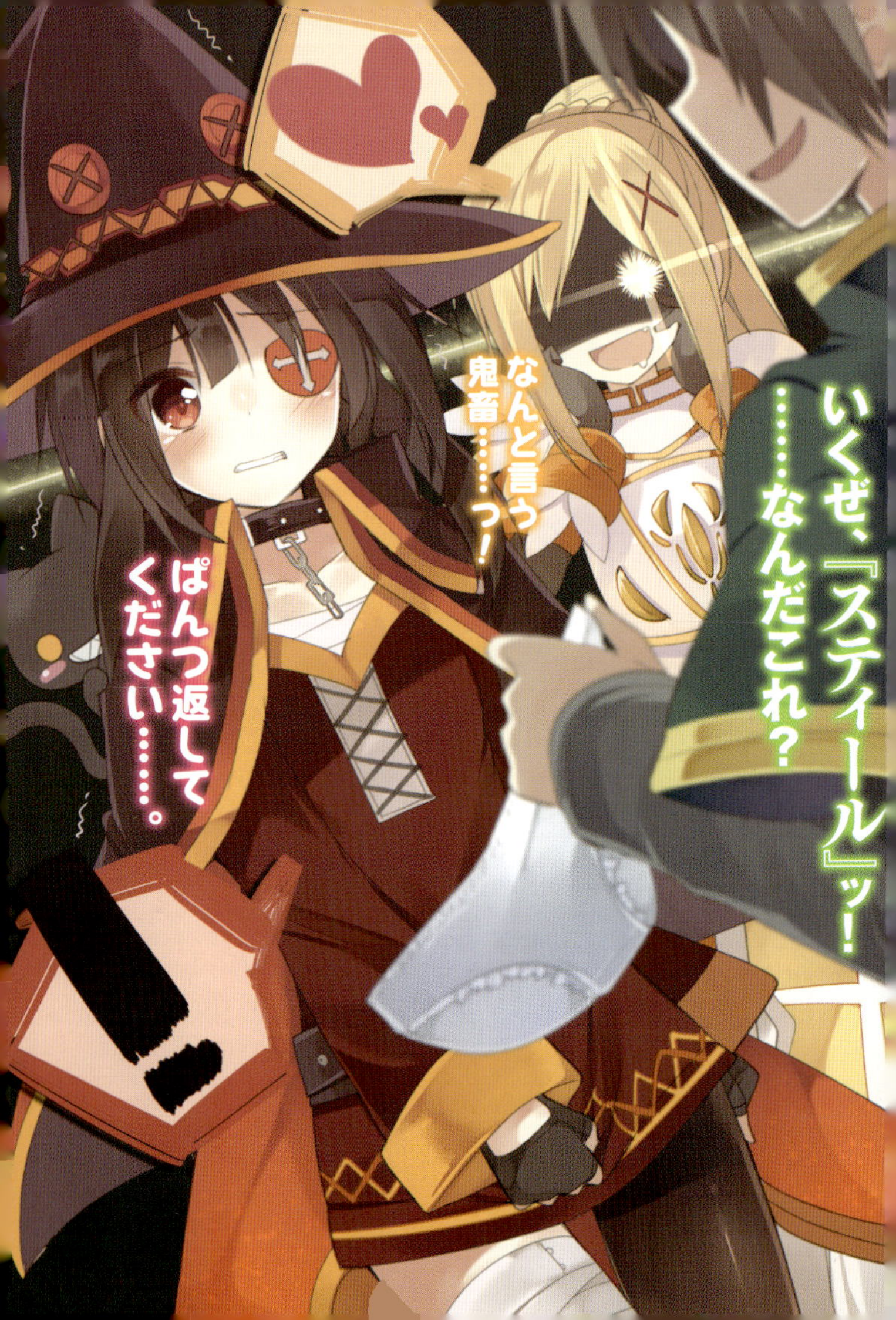
いくぜ、『スティール』ッ！
……なんだこれ？
なんと言う
鬼畜……っ！
ぱんつ返して
ください……。

この世に在る我が眷属よ……
水の女神、アクアが命ず……
この俺自ら、貴様らの
相手をしてやろう！

我が力、見るがいい！

この素晴らしい世界に祝福を!

CONTENTS

この素晴らしい世界に祝福を！

あぁ、駄女神さま

暁 なつめ

角川スニーカー文庫

18170

Profile

アクア
カズマ！　自己紹介よ！
まずは主役であるこの女神《わたし》様を
紹介させてあげるわ。
誰が主役だ。――つーか、
おまえ何歳なんだ？
…………………め、女神に
年齢なんて、ないわよ!?
おい、なんだ今の間は。誤魔化すな。
いちいち、うるさいわね。
ヒキニートのくせに。
私をだれだと思ってるの？
宴会の女神様だろ？
年齢　年齢不詳
職業　アークプリースト
若くして死んだ人間を導く女神。カズマと共に転生した異世界では、アクシズ教団のご神体“女神アクア”その張本人……のはずなのだが、誰からも信じてもらえない。
めぐみん
ふっ！　次は我の番《ターン》！　我が名はめぐみん。
紅魔族随一の魔法使いにして――。
で、本名は？
本名ですが？
……。
おい、私の名前について言いたい事が
あるなら聞こうじゃないか！
……さぁ、次はダクネスの
紹介をしなきゃな。
おい、無視するな！
年齢　13歳
職業　アークウィザード
紅魔族の中でも随一の天才魔法使い。「爆裂魔法」と呼ばれる最強魔法の魅力に取り憑かれ、それしか使えないし使わない。好きなものは爆裂魔法。特技は爆裂魔法。趣味も爆裂魔法。

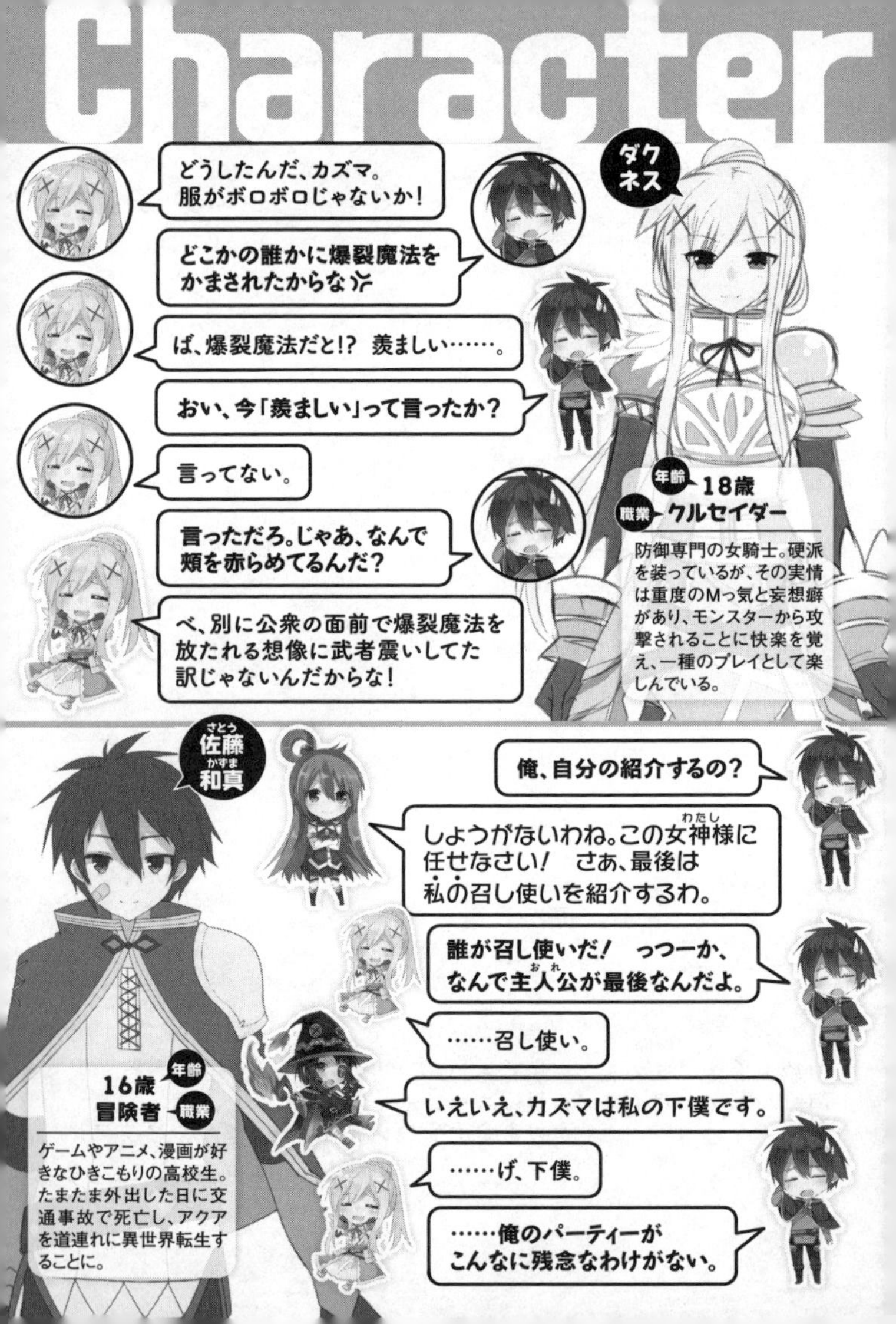
Character
ダクネス
どうしたんだ、カズマ。服がボロボロじゃないか！
どこかの誰かに爆裂魔法をかまされたからな
ば、爆裂魔法だと!?　羨ましい……。
おい、今「羨ましい」って言ったか？
言ってない。
言っただろ。じゃあ、なんで頬を赤らめてるんだ？
べ、別に公衆の面前で爆裂魔法を放たれる想像に武者震いしてた訳じゃないんだからな！
年齢 18歳
職業 クルセイダー
防御専門の女騎士。硬派を装っているが、その実情は重度のMっ気と妄想癖があり、モンスターから攻撃されることに快楽を覚え、一種のプレイとして楽しんでいる。
佐藤《さとう》和真《かずま》
俺、自分の紹介するの？
しょうがないわね。この女神様《わたし》に任せなさい！　さあ、最後は私の召し使いを紹介するわ。
誰が召し使いだ！　っつーか、なんで主人公《おれ》が最後なんだよ。
……召し使い。
いえいえ、カズマは私の下僕です。
……げ、下僕。
……俺のパーティーがこんなに残念なわけがない。
年齢 16歳
職業 冒険者
ゲームやアニメ、漫画が好きなひきこもりの高校生。たまたま外出した日に交通事故で死亡し、アクアを道連れに異世界転生することに。

口絵・本文イラスト／三嶋くろね
口絵・本文デザイン／百足屋ユウコ＋
ナカムラナナフシ（ムシカゴグラフィクス）

プロローグ

「佐藤和真《さとうかずま》さん、ようこそ死後の世界へ。あなたはつい先ほど、不幸にも亡《な》くなりました。短い人生でしたが、あなたの生は終わってしまったのです」

真っ白な部屋の中、俺は唐突《とうとつ》にそんな事を告げられた。

突然《とつぜん》の事で何がなんだか分からない。

部屋の中には小さな事務机と椅子《いす》があり、そして、俺に人生の終了《しゅうりょう》を告げてきた相手はその椅子に座っていた。

もし女神《めがみ》というものが存在するのなら、きっと目の前の相手の事を言うのだろう。

テレビで見るアイドルの可愛《かわい》らしさとは全く異なる、人間離《ばな》れした美貌《びぼう》。

淡《あわ》く柔《やわ》らかな印象を与《あた》える透《す》き通った水色の長い髪《かみ》。

年は俺と同じくらいだろうか。

出過ぎず、足りな過ぎずな完璧《かんぺき》な躰《からだ》は、淡い紫色《むらさきいろ》の、俗《ぞく》に羽衣《はごろも》と呼ばれるゆったりとした服に包まれている。

その美少女は、髪と同色の、透き通った水色の瞳《ひとみ》をパチパチさせ、状況《じょうきょう》が摑《つか》めず固まったままの俺をじっと見ていた。

……俺は、先ほどまでの記憶《きおく》を思い出す。

※

……普段《ふだん》学校に行かず家に引き篭《こ》もっている俺だったが、今日は珍《めずら》しく外出をした。

本日発売のとある人気ネットゲーム、その初回限定版を手に入れるため、珍しく早起きして行列に並んだのだ。

世間では俺みたいな奴《やつ》の事を引き篭もりだのネトゲ廃人《はいじん》だのと呼んでいるらしいが。

無事にゲームを獲得《かくとく》し、後は家に帰ってゲーム三昧《ざんまい》だと、上機嫌《じょうきげん》で帰宅しようとしていた、そんな時だった。

携帯《けいたい》をいじりながら俺の前を歩いていた女の子。

学生服からして、俺と同じ学校の生徒だろうか。

信号が青になったのを確認《かくにん》し、その子は、そのままロクに左右も見ずに横断歩道を渡《わた》って行く。

女の子の横に迫《せま》る大きな影《かげ》。

それは、きっと高速で迫る大型トラックだったのだろう。

俺は、頭で考えるよりも先にその子を突《つ》き飛ばしていた。


そして…………。


……自分でも不思議なくらいに落ち着いた心で、目の前の美少女に静かに尋《たず》ねた。

「……一つだけ聞いても？」

俺の質問に美少女が頷《うなず》く。

「どうぞ？」

「……あの女の子は。……俺が突き飛ばした女の子は、生きてますか？」

大切な事だった。

俺の人生で、最初にして最後の見せ場だったのだ。

命懸《いのちが》けで助けに入って、結局間に合わなかったのだとしたら悔《くや》し過ぎる。

「生きてますよ？　もっとも、足を骨折する大怪我《おおけが》を負いましたが」

良かった……。

俺の死は無駄《むだ》じゃなかった訳だ。最後に、少しは良い事出来たかなあ……。

ほっとした様子の俺を見た美少女は、小首を傾《かし》げる。

「まあ、あなたが突き飛ばさなければ、あの子は怪我《けが》もしなかったんですけどね」

「…………は？」

この子、今なんて!?

「あのトラクターは、本来ならあの子の手前で止まったんです。あたり前ですよね。だってトラクターですもん。そんなにスピードだって出てないし。つまり、あなたはヒーロー気取りで余計な事したって訳です。……プークスクス！」

何だろう、初対面で何だろうこの子。

どうしよう、失礼だが凄《すご》く殴《なぐ》りたい。

……いや待て。そんな事より、今もっと大変な事を聞いた。

「……今なんて？　トラクター？　トラックじゃなくて？」

「ええ、トラクターですけど。あの女の子だって、大型トラックが迫って来れば流石《さすが》に気づくし当然逃《に》げますよ」

「…………は？」

「え、じゃあナニ？　俺の死因はトラクターに耕されて死んだって事？」

「いいえ、ショック死ですけど。トラックに轢《ひ》かれたと勘違《かんちが》いして、あなたショックで死んじゃったんですよ。私、長くこの仕事をやってるけれど、こんな珍しい死に方したのはあなたが初めてよ？」

「…………。」

「あなたはトラクターに轢かれそうになった恐怖《きょうふ》で、失禁しながら気を失い、近くの病院に搬送《はんそう》。『なんだこいつ、なっさけねー（笑）』と医者や看護師に笑われながら、目を覚ます事無くそのまま心臓麻痺《まひ》で……」

「やめろおおお！　聞きたくない聞きたくない！　そんな情けない話は聞きたくない！」

その女の子は、耳を塞《ふさ》いでいる俺に近寄ってくると、にやにやと笑《え》みを浮《う》かべながら、わざわざ俺の耳元で、

「現在あなたの家族が病院に駆《か》けつけましたけど、悲しむよりも先に、その死因に家族さ

えも思わず吹《ふ》き出し……」

「止《や》めて止めて！　なあ、ウソだろ⁉　そんな情けない死に方ってあんまりだろ！」

頭を抱《かか》えてしゃがみ込んだ俺を見下ろし、口元に手を当ててクスクス笑う女の子。

「……さて。それじゃあ私のストレス発散はこのくらいにしておいて。初めまして佐藤和真さん。私の名はアクア。日本において、若くして死んだ人間を導く女神よ。……さて。しょうもない理由で死んだ面白《おもしろ》いあなたには、二つの選択肢《せんたくし》があります」

……こいつ！

いやもう、話が進まないから我慢《がまん》しとこう。

「一つは人間として生まれ変わり、新たな人生を歩むか。そしてもう一つは、天国的な所でお爺《じい》ちゃんみたいな暮らしをするか」

なにその身も蓋《ふた》もない選択肢。

「いやその……。天国的な所って？　そもそも、お爺ちゃんみたいな暮らしって何？」

「天国ってのはね、あなた達人間が想像している様な素敵《すてき》な所ではないの。死んだら食べ物は必要ないし、死んでるんだから、物は当然産まれない。作ろうにも材料も何もないし。がっかりさせて悪いけど、天国にはね、何にもないのよ。テレビもなければ漫画《まんが》やゲームもない。そこにいるのは、すでに死んだ先人達。もちろん死んだんだから、えっちい事だ

ってできないし、そもそも体がないんだからどうにもなんないわね。彼らと永遠に、意味もなく、ひなたぼっこでもしながら世間話するぐらいしかやる事ないわ」

何それ、ゲームも娯楽《ごらく》も何にもないとか、天国ってより地獄《じごく》なんですけど。

しかし、赤子になってもう一度人生やり直す……か。

いや、それしか選択肢はないのだろうが。

そんな残念そうにしている俺を見て、女神は満面の笑みを浮かべた。

「うんうん、天国なんて退屈《たいくつ》な所行きたくないわよね？　かといって、今更《いまさら》記憶《きおく》を失って赤ちゃんからやり直すって言われても、今までの記憶が消える以上、それってあなたっていう存在が消えちゃう様なものなのよ。そこで！　ちょっといい話があるのよ」

なんだろう、物凄《ものすご》く胡散臭《うさんくさ》い。

アクアは、警戒《けいかい》する俺にニコニコしながら言った。

「あなた……。ゲームは好きでしょ？」

アクアが、得意気にいい話とやらの説明を始める。

その話を要約すると、こうだった。

ここではない世界、すなわち異世界に魔王《まおう》がいる。

そして、魔王軍の侵攻《しんこう》のせいでその世界がピンチらしい。

その世界では、魔法《まほう》があり、モンスターがいて。

言うなれば、有名ゲーム、ドリクエやモフモフのようなファンタジー世界があるらしい。

「その世界で死んだ人達ってさ、まあほら魔王軍に殺された訳じゃない？　だから、またあんな死に方するのはヤダって怖《こわ》がっちゃって。死んだ人達のほとんどが、その世界での生まれ変わりを拒否《きょひ》しちゃうのよね。はっきり言って、このままじゃ赤ちゃんも生まれないしその世界が滅《ほろ》びちゃうのよ。で、それなら他《ほか》の世界で死んじゃった人達を、そこに送り込んでしまうのはどうか？　って事になってね？」

何という移民政策。

「で、どうせ送るなら、若くして死んだ未練タラタラな人なんかを、肉体と記憶はそのままで送ってあげようって事になったの。それも、送ってすぐ死んじゃうんじゃ意味が無いから、何か一つだけ。向こうの世界に好きな物を持っていける権利をあげているの。強力な特殊《とくしゅ》能力だったり。とんでもない才能だったり。神器級の武器を希望した人もいたわね。……どう？　あなたは、異世界とはいえ人生をやり直せる。異世界の人にとっては、即戦《そくせん》力《りょく》になる人がやってくる。ね？　悪くないでしょ？」

なるほど、確かに悪くない話に思える。

と言うよりも、むしろテンション上がってくる。

ゲーム好きな自覚はあるが、まさか自分が、大好きなゲームの世界みたいな所に行けるとか。

と、その前に。

「えっと、聞きたいんですけど、向こうの言葉ってどうなるんです？　俺、異世界語とか喋《しゃべ》れるの？」

「その辺は問題ないわ。私達神々の親切サポートによって、異世界に行く際にあなたの脳に負荷《ふか》を掛《か》けて、一瞬《いっしゅん》で習得できるわ。もちろん文字だって読めるわよ？　副作用として、運が悪いとパーになるかもだけれど。……だから、後は凄い能力か装備を選ぶだけね」

「今、重大な事が聞こえたんだけど。運が悪いとパーになるって言ったか？」

「言ってない」

「言ったろ」

先ほどまでの緊張感《きんちょうかん》もなく、相手は女神《めがみ》だというのに、俺は既《すで》にタメ口だった。

……しかし、これは確かに魅力《みりょく》的な提案だ。

もしかしたらパーになるかもという恐怖はあるが、自慢《じまん》ではないが運の強さに関してだ

けは、子供の頃《ころ》から自信がある。

と、俺の目の前にアクアがカタログの様な物を差し出した。

「選びなさい。たった一つだけ。あなたに、何者にも負けない力を授《さず》けてあげましょう。例えばそれは、強力な特殊能力。それは、伝説級の武器。さあ、どんなものでも一つだけ。異世界へ持って行く権利をあげましょう」

アクアの言葉に、俺はそのカタログを受け取ると、それをパラパラとめくってみる。

……そこには、《怪力《かいりき》》《超魔力《ちようまりよく》》《聖剣《せいけん》アロンダイト》《魔剣《まけん》ムラマサ》……その他諸々《もろもろ》、色々な名前が記されていた。

なるほど、この中から持って行く能力か装備を選べという事か。

参ったな、これだけあると目移りする。

と言うか、ゲーマーの勘《かん》だが、これらはどれもこれもが反則級の能力や装備の予感だ。

悩《なや》む悩む……。魔法がある異世界へ行くなら、是非《ぜひ》とも魔法を使ってみたい。

となると、やはりここは魔法を使う前提の能力を……。

「ねー、早くしてー？　どうせ何選んでも一緒《いつしよ》よ。引き篭《こ》もりのゲームオタクに期待はしてないから、なんか適当に選んでサクッと旅立っちゃって。何でもいいから、はやくしてーはやくしてー」

「オ、オタクじゃないから……っ！　出掛《でか》けてて死んだ訳だし、引き篭もりでも無いから……っ！」

小さな震《ふる》え声で言い返すが、アクアは自分の髪《かみ》の先の枝毛をいじりながら、俺には全く興味無さそうに言った。

「そんな事どうでもいいから早くしてー。この後、他の死者の案内が、まだたくさん待ってるんだからね？」

言いながら、アクアは椅子《いす》に腰掛《こしか》けこちらを見もせずに、スナック菓子《がし》をぽりぽりと……。

……こいつ、初対面のくせに人様の死因を思い切り笑ったり、さっきからちょっとばかり可愛《かわい》いからって調子に乗りやがって。

アクアの、面倒臭《めんどうくさ》そうな投げ槍《やり》なその態度に、流石に俺もカチンときた。

早く決めろってか。

じゃあ決めてやるよ。

異世界に持っていける〝もの〟だろ？

「…………じゃあ、あんた」

俺はアクアを指差した。

アクアは、こちらをキョトンとした顔で見て、ぽりぽりとスナックをかじっている。

「ん。それじゃ、この魔法陣《まほうじん》の中央から出ない様に…………」

そこまで言って、アクアはハタと動きを止めた。

「……今何て言ったの？」

と、その時だった。

「承《うけたまわ》りました。では、今後のアクア様のお仕事はこのわたくしが引き継《つ》ぎますので」

何もない所から、白く輝《かがや》く光と共に、突然《とつぜん》羽の生えた一人の女性が現れた。

……一言で言えば、天使みたいな。

「……えっ」

呆然《ぼうぜん》と呟《つぶや》くアクアの足元と、そして俺の足の下に、青く光る魔法陣が現れた。

おお、なんだこれ。

本当にこのまま異世界行き？

「ちょ、え、なにこれ。え、え、嘘《うそ》でしょ？　いやいやいやいや、ちょっと、あの、おかしいから！　女神を連れてくなんて反則だから！　無効でしょ!?　こんなの無効よね！　待って！　待って!?」

涙目《なみだめ》でオロオロしながら、滅茶苦茶《めちゃくちゃ》に慌《あわ》てふためくアクア。

そのアクアに。

「行ってらっしゃいませアクア様。後の事はお任せを。無事魔王を倒《たお》された暁《あかつき》には、こちらに帰還《きかん》するための迎《むか》えの者を送ります。それまでは、あなた様のお仕事の引き継ぎはこのわたくしにお任せを」

「待って！　ねえ待って！　私、女神なんだから癒《い》やす力はあっても戦う力なんて無いんですけど！　魔王討伐《とうばつ》とか無理なんですけど!!」

突然現れたその天使は、泣きながらすがるアクアを尻目《しりめ》に、俺に柔《やわ》らかな笑《え》みを浮《う》かべ。

「佐藤和真さん。あなたをこれから、異世界へと送ります。魔王討伐のための勇者候補の一人として。魔王を倒した暁には、神々からの贈《おく》り物を授けましょう」

「……贈り物？」

オウム返しに尋《たず》ねる俺に。

その天使は、穏《おだ》やかに微笑《ほほえ》んだ。

「そう。世界を救った偉業《いぎょう》に見合った贈り物。……たとえどんな願いでも。たった一つだけ叶《かな》えて差し上げましょう」

「おおっ！」

それはつまり、異世界とやらに飽《あ》きたら日本に帰りたいって願いも有りなのだろうか。

例えば、異世界での暮らしに飽きたら、日本に帰って、金持ちになって美少女に囲まれながらゲーム三昧《ざんまい》の人生を！　とかそんな退廃《たいはい》的な願いも有りなのだろうか！

「ねえ待って！　そういうカッコイイ事を告げるのって、私の仕事なんですけど！」

いきなり現れた天使に仕事を奪《うば》われ、泣いてすがるアクア。

アクアのその姿を見られただけで、俺はすでに満足していた。

俺はそのままアクアを指差し。

「散々バカにしてた男に、一緒に連れてかれるってどんな気持ちだ？　おい、俺が持っていく〝者〟に指定されたんだ、女神ならその神パワーとかで、精々俺を楽させてくれよ！」

「いやあー！　こんな男と異世界行きだなんて、いやああああああああ！」

「さあ、勇者よ！　願わくば、数多《あまた》の勇者候補達の中から、あなたが魔王を打ち倒す事を祈《いの》っています。……さあ、旅立ちなさい！」

「わあああああーっ！　私のセリフー！」

厳《おご》そかに天使が告げる中。

俺は、泣《な》き叫《さけ》ぶアクアと共に明るい光に包まれた……！

第一章 この自称女神と異世界転生を！

1

石造りの街中を、馬車が音を立てながら進んでいく。

「……異世界だ。……おいおい、本気で異世界だ。え、本当に？　本当に、俺ってこれからこの世界で魔法とか使ってみたり、冒険《ぼうけん》とかしちゃったりすんの？」

俺は目の前に広がる光景に、興奮で震えながらも呟いた。

そこは、レンガの家々が立ち並ぶ、中世ヨーロッパのような街並み。

車やバイクは走っておらず、電柱も無ければ電波塔《とう》も無い。

「あ……ああ……あああああ…………」

俺はキョロキョロと街中を見渡《みわた》して、行き交《か》う人々を観察した。

「獣耳《けものみみ》だ！　獣耳がいる！　エルフ耳！　あれエルフか!?　美形だし、エルフだよな！

さようなら引き篭もり生活！　こんにちは異世界！　この世界なら、俺、ちゃんと外に出て働くよ！」

俺は隣《となり》で頭を抱《かか》えて叫び声を上げているアクアの方を振《ふ》り向いた。

「ああああ…………ああああああ…………あああああああああああああ！」

「おいうるさいぞ。俺まで頭のおかしい女の仲間だって思われたらどうするんだよ。それより、こういった時には俺に渡す物とかあるだろ？　ほれ、見ろよ今の俺の格好。ジャージだよ？　せっかくのファンタジー世界にジャージ一丁ですわ。ここはゲームとかで恒例《こうれい》の、必要最低限の初期装備とかを……」

「ああああああああああああああああああああああああああああーっ!!」

叫ぶと同時、女神は泣きながら俺に摑《つか》みかかってきた。

「うおっ！　な、なんだよ、やめろ！　分かったよ、初期装備は自分でなんとかするよ。

後は自分で何とかしてみるから」

　涙目で俺の首を絞《し》めようとするアクアの手を振り払《はら》うと、面倒臭《めんどうくさ》そうにシッシと手を払う。

　すると、アクアは手を戦慄《わなな》かせた。

「あんた何言ってんの!?　帰れないから困ってるんですけど！　どうすんの!?　ねえ、どうしよう！　私これからどうしたらいい!?」

　アクアは泣きながら取り乱し、頭を抱えてバタバタしていた。

　腰《こし》まで届く長い髪を振り乱し、なんというかもう、黙《だま》っていれば凄《すご》い美少女なのにこれではどう見ても痛い女だ。いや、正直見てられない。

「おい女神《めがみ》、落ち着け。こういう時の定番はまず酒場だ。酒場に行って情報収集から始めるもんだ。それがロールプレイングゲームでの定番だ」

「なっ……！　ゲームオタクの引き篭もりだったはずなのに、なぜこんなに頼《たの》もしいの？　あ、カズマ、私の名前はアクアよ。女神様って呼んでくれてもいいけれど、できればアクアって呼んで。でないと人だかりができて魔王討伐の冒険どころじゃなくなっちゃうわ。住む世界は違《ちが》っても、一応私、この世界で崇《あが》められてる神様の一人なの」

アクアはそう言って、自信満々な俺の後ろをバタバタとついて来る。

さて、こういった時には魔王《まおう》に対抗《たいこう》するための冒険者組合だとか、モンスター討伐《とうばつ》のための冒険者ギルドとかがあるはずだ。

というか、よく考えたらアクアは女神なんだし、こいつに色々聞けばいいんじゃないか。

「アクア、とりあえず冒険者ギルドの場所だ。どこに行けばいいんだ？」

俺がアクアに尋ねると、アクアはキョトンとした表情で。

「……？　私にそんな事聞かれても知らないわよ。私はこの世界の一般《いっぱん》常識は知っていても、街の事なんかは分からないし。というか、ここは大量にある異世界の中の一つの星、更《さら》にその中の小さな街の一つよ？　そんなものいちいち知る訳ないでしょ？」

こいつ使えねえ。

しかたないので、俺は通りすがりのおばさんに尋ねる。

男性に聞くのはガラの悪い相手だと厄介《やっかい》だし、若い女性だと俺のチキンハートには難易度が高い。

「すいませーん、ちょっといいですか？　冒険者ギルド的なものを探してるんですが……」

「ギルド？　あら、この街のギルドを知らないなんて、ひょっとして他所《よそ》から来た人かしら？」

おばさんの言葉に、やはりギルドがあったかと安心する。

「いやあ、ちょっと遠くから旅してきたもので。ついさっき、この街に着いたばかりなんですよ」

「あらあら……。この街に来るって事は、冒険者を目指している方かしら。駆《か》け出し冒険者の街、アクセルへようこそ。ここの通りを真っ直《す》ぐ行って右に曲がれば、看板が見えてくるわ」

「真っ直ぐ行って右ですね。どうも、ありがとうございました！　……ほら、行くぞ」

駆け出し冒険者の街か。

なるほど。死んだ人間を異世界へ送る際のスタート地点としては、理想的な場所だ。

おばさんに礼を言い、教わった道を歩いて行くと、後ろをちょろちょろついて来るアクアが、ちょっと尊敬の眼差《まなざ》しを交えながら感嘆《かんたん》の声を上げた。

「ねえ、あの咄嗟《とっさ》の言い訳とか、なんでそんなに手際《てぎわ》がいいの？　こんなにできる男な感じなのに、なんで彼女も友人もいない引き篭《こ》もりのオタクだったの？　なんで毎日閉じ篭

もってヒキニートなんかやってたの？」

「彼女や友人がいないのは別に悪い事じゃない。友人の数や恋人《こいびと》の有る無しで人の価値は計れない。あとヒキニートは止《や》めろクソビッチ。引き篭もりとニートを足すな、俺はまだ十六歳だ。世間で言えばまだニート呼ばわりされる年じゃない。……あそこか」

クソビッチ呼ばわりされたアクアが首を絞めてくるが、それを無視し、冒険者ギルドに入っていく。

——冒険者ギルド——

ゲームに必ず出てくる、冒険者に仕事を斡旋《あっせん》したり、もしくは支援《しえん》したりする組織。

つまり異世界のハロワ的な存在だ。

そこはかなり大きな建物で、中からは食べ物の匂《にお》いが漂《ただよ》っていた。

中にはきっと、荒《あら》くれがいるのだろう。

新参者を見て、いきなり絡《から》んでくるかも知れない。

そんな覚悟《かくご》をしながら中に入ると……。

「あ、いらっしゃいませー。お仕事案内なら奥のカウンターへ、お食事なら空いてるお席

へどうぞー！」

短髪《たんぱつ》赤毛のウェイトレスのお姉さんが、愛想《あいそ》よく出迎《でむか》えた。

どことなく薄暗《うすぐら》い店内は、酒場が併設《へいせつ》されている様だ。

そこかしこに鎧《よろい》を着た連中がたむろしているが、特にガラの悪そうな人は見当たらない。

だが、やはり新参者は珍《めずら》しいのかやけに注目を集めている。

……と、俺はその原因に気がついた。

「ねえねえ、いやに見られてるんですけど。これってアレよ、きっと私から滲《にじ》み出る神オーラで、女神だってバレてるんじゃないかしら」

このすっとぼけた事を言う女神の容姿。

黙っていれば美少女なこいつが目を惹《ひ》いているのだろう。

とりあえず視線は無視して、当初の目的を遂行《すいこう》しよう。

「……いいかアクア、登録すれば駆け出し冒険者が生活できる様に色々チュートリアルしてくれるのが冒険者ギルドだ。冒険支度金《したくきん》を貸してくれたり、駆け出しでも食っていける簡単なお仕事を紹介《しょうかい》してくれ、オススメの宿も教えてくれるはず。ゲーム開始時は大概《たいがい》そんなもんだ。本来なら、この世界で最低限生活できる物を用意してくれるってお前の仕事だと思うんだけど……。まあいい。今日は、ギルドへの登録と装備を揃《そろ》えるための軍資

「知らないわよそんなもの。私の仕事は、死んだ人をこの世界に送る事だもの。でも、分かったわ。ゲームは知らないけど、こういった世界での常識やお約束ってヤツね。私も冒険者として登録すればいいのね？」

「そういう事だ。よし、行こう」

俺はアクアを引き連れ、真っ直ぐカウンターへと向かう。

受付は四人。

その内二人は女性職員。

俺はその女性職員の内、より美人な方の受付の列に行く。

「……ねえ、他《ほか》の三つの受付が空いてるのに、何でわざわざここに来たの？　他なら待たなくてもいいのに。……あ、受付が一番美人だからね？　全く、ちょっと頼《たよ》りがいがあると感心した矢先にこれですか？」

俺の後にくっ付いてきた何も分かっていないアクアに、俺は小さな声で教えてやった。

「ギルドの受付の人と仲良くなっておくのは基本だ。そして、美人な受付のお姉さんとは色々なフラグが立つ。今後、あっと驚《おどろ》く隠《かく》し展開とかが待ってる訳だ。お姉さんが、元は凄腕《すごうで》冒険者だった、とかな」

「……そういえば、漫画《まんが》とかでもそういった話を聞いた事があるわね。ごめんね、素直《すなお》にここに並んでおくね」

他が空いてるのに、わざわざ行列に並ぶ俺達を、他の受付の人がチラチラ見ているがここは無視だ。

やがて俺達の番がやって来る。

「はい、今日はどうされましたか？」

受付の女の人はおっとりした感じの美人だ。

ウェーブのかかった髪《かみ》と巨乳《きよにゆう》が大人の女性の雰囲気《ふんいき》をかもしだしていた。

「えっと、冒険者《ぼうけんしゃ》になりたいんですが、田舎《いなか》から来たばかりで何も分からなくて……」

田舎から来たとか遠い外国から来たとか言っておけば、受付が勝手に色々教えてくれる。

「そうですか。えっと、では登録手数料が掛《か》かりますが大丈夫《だいじようぶ》ですか？」

そう、それがチュートリアルの基本だ。

後は受付の人の言う事に従っていけば……。

…………登録手数料？

「……おいアクア、金って持ってる？」

「あんな状況《じょうきょう》でいきなり連れてこられて、持ってる訳無いでしょ？」

……なんてこった、こういう時って、最初のお金は貸してくれたり後払《あとばら》いにできないのか？

一旦《いったん》受付から離《はな》れ、アクアと作戦会議をする。

「……おい、どうしようか。いきなりつまずいた。ゲームだと、普通《ふつう》は最低限の装備が手に入ったり、生活費だってどうにか手に入るものなんだけど」

「いきなり頼りがいが無くなったけど、まあしょうがないわね。引き篭もりなんだし。いいわ、次は私の番ね、まあちょっと見てなさいな。女神の本気を見せてあげるわ」

神官衣とでも言うのだろうか。野暮《やぼ》ったい、ダラッとした服を着た、プリーストが座っている。

アクアは、自信たっぷりにその男に近づいて行き、

「そこのプリーストよ、宗派を言いなさい！　私はアクア。そう、アクシズ教団の崇めるご神体、女神アクアよ！　汝《なんじ》、もし私の信者ならば……！　……お金を貸してくれると助かります」

上からなのか下からなのか、よく分からない態度で金をせびった。

「………エリス教徒なんですが」

「あ、そうでしたか、すいません……」

よく分からないが、違《ちが》う宗派だったらしい。

アクアが寂《さび》しそうにトボトボと帰ろうとすると、そのプリーストが呼び止めた。

「あー……。お嬢《じょう》さん、アクシズ教徒なのか。お伽話《とぎばなし》になるが、女神《めがみ》アクアと女神エリスは先輩後輩《せんぱいこうはい》の間柄《あいだがら》らしい。これも何かの縁《えん》だ、さっきから見てたが、手数料が無いんだろ？　それぐらいなら持って行きな。エリス様の御加護《ごかご》ってやつだ。でも、いくら熱心な信者でも女神を名乗っちゃいけないよ」

「あ……。はい、すいません……。ありがとうございます……」

お金を貰《もら》い、死んだ魚のような目をしたアクアが帰ってきた。

「あはは……女神だって信じてもらえなかったんですけど。……ついでに言うと、エリスは私の後輩の女神なんですけど。……私、後輩女神の信者の人に、同情されてお金貰っちゃったんですけど……」

「ま、まあ結果オーライって事でいいじゃないか。ほら、女神って信じられたら、それはそれで困った事になるだろうし！」

何か大切な物を失った様な顔で帰ってきたアクアを、俺は適当に励《はげ》ますと。

「ええっと……。登録料持って来ました」

「は……はあ……。登録料はお一人千エリスになります……」

アクアがプリーストから貰った金が三千エリス。

アクアの話では、一エリス一円換算《かんさん》らしいので、三千円相当を貰ってきた訳だ。

俺達の騒《さわ》ぎに全く干渉《かんしょう》しないどころか、俺やアクアとあまり目を合わせたがらない受付のお姉さん。

どうやら、俺はスタート地点でこのお姉さんとのフラグをへし折ってしまった様だ。

「では。冒険者になりたいと仰《おっしゃ》るのですから、お二人ともある程度理解しているとは思いますが、改めて簡単な説明を。……まず、冒険者とは街の外に生息するモンスター……。人に害を与《あた》えるモノの討伐《とうばつ》を請《う》け負う人の事です。とはいえ、基本は何でも屋みたいなものです。……冒険者とはそれらの仕事を生業《なりわい》にしている人達の総称《そうしょう》。そして、冒険者には、各職業というものがございます」

きたきた、そうだよこれだよ。

冒険者といえばこれだ。職業、ジョブ、クラスでも、呼び名は何でもいいけれど、ここでの戦闘《せんとう》スタイルを選ぶ訳だ。

戦士だのといった地味そうなヤツより、魔法使《まほうつか》いみたいな派手なのがいいよな。

受付のお姉さんが、俺とアクアの前にそれぞれカードを差し出した。

免許証《めんきょしょう》ぐらいの大きさのそれは、見た感じ身分証みたいに見える。

「こちらに、レベルという項目《こうもく》がありますね？　ご存知の通り、この世のあらゆるモノは、魂《たましい》を体の内に秘《ひ》めています。どの様な存在も、生き物を食べたり、もしくは殺したり。他の何かの生命活動にとどめを刺《さ》す事で、その存在の魂の記憶《きおく》の一部を吸収できます。通称《つうしょう》、経験値、と呼ばれるものですね。それらは普通、目で見る事などはできません。しかし……」

お姉さんが、カードの一部を指差した。

「このカードを持っていると、冒険者が吸収した経験値が表示されます。それに応じて、レベルというものも同じく表示されます。これが冒険者の強さの目安になり、どれだけの討伐を行ったかもここに記録されます。経験値を貯《た》めていくと、あらゆる生物はある日突然《とつぜん》、急激に成長します。俗《ぞく》に、レベルアップだの壁《かべ》を越《こ》えるだのと呼ばれていますが……。まあ要約すると、このレベルが上がると新スキルを覚えるためのポイントなど、様々な特典が与えられるので、是非頑張《ぜひがんば》ってレベル上げをして下さいね」

その言葉に、俺はアクアの言っていた事を思い出す。

「あなた、ゲームは好きでしょ？」と。

なるほどな。今までの説明を聞く限り、まんまゲームだ。

「まずはお二人とも、こちらの書類に身長、体重、年齢《ねんれい》、身体的特徴《とくちょう》等の記入を願います」

受付のお姉さんが差し出した書類に、俺は自分の特徴を書いていく。

身長165センチ、体重55キロ。年は16、茶髪に茶色目……。

「はい、結構です。えっと、ではお二人とも、こちらのカードに触《ふ》れてください。それであなた方のステータスが分かりますので、その数値に応じてなりたい職業を選んでくださいね。経験を積む事により、選んだ職業によって様々な専用スキルを習得できる様になりますので、その辺りも踏《ふ》まえて職業を選んでください」

おっと、早速《さっそく》きたな。

ここで俺の凄《すさ》まじい潜在《せんざい》能力が発揮されて、ギルド内が騒ぎになったりする訳だ。

俺は内心緊張《きんちょう》しながら、淡《あわ》い期待を込めてカードに触れた。

「……はい、ありがとうございます。サトウカズマさん、ですね。ええと……。筋力、生命力、魔力《まりょく》に器用度、敏捷《びんしょう》性……、どれも普通ですね。知力がそこそこ高い以外は……、あれ？　幸運が非常に高いですね。まあ、冒険者に幸運ってあんまり必要ない数値なんですが……。でもどうしましょう、これだと選択《せんたく》できる職業は基本職である《冒険者》しか

ないですよ？　これだけの幸運があるなら、冒険者稼業《かぎょう》はやめて、商売人とかになる事をオススメしますが……。よろしいのですか？」

おい、いきなり冒険者人生否定されたぞ、どうなってんの。

隣《となり》でニマニマと笑《え》みを浮《う》かべているアクアを引っ叩《ぱた》きたい。

俺が弱いと、お前だって困るんだぞ。

「え、ええと、その、冒険者でお願いします……」

お姉さんが心配そうな顔で。

「ま、まあ、レベルを上げてステータスが上昇《じょうしょう》すれば転職が可能ですし！　それに、この冒険者という職業は、冒険者という総称が指す様に、あらゆる職業をまとめたと言いますか……。ええ、初期の職業だからって悪い事は無いですよ？　なにせ、全《すべ》ての職業のスキルを習得し、使う事ができますから！」

「その代わり、スキル習得には大量のポイントが必要になるし、職業の補正も無いから同じスキル使っても本職には及《およ》ばないんだけどね。器用貧乏《びんぼう》みたいな」

フォローを入れるお姉さんの言葉に一秒で水を差すアクア。

こいつ、本当にどっかに捨ててこようか。

どうやら、俺は基本職というか、初期クラスというか。

ともかく、最弱職に就《つ》いたらしい。

それでも、これで俺はゲームの世界に出てくる様な冒険者だ。

ちょっと感慨深《かんがいぶか》く、俺の名前と共に、職業《冒険者》と記されたカードを手に取ると……。

「はっ⁉ はあああっ⁉ 何です、この数値⁉ 知力が平均より低いのと、幸運が最低レベルな事以外は、残り全てのステータスが大幅《おおはば》に平均値を超《こ》えてますよ⁉ 特に魔力が尋常《じんじょう》じゃないんですが、あなた何者なんですか……っ⁉」

アクアの触《さわ》ったカードを見たお姉さんが、大声を上げていた。

施設《しせつ》内が途端《とたん》にざわめく。

……あれ、そういうのって普通は俺のイベントじゃね？

「え、そ、そう？ なになに、私が凄《すご》いって事？ いやー、まあ私くらいになればそりゃあね？」

さすが腐《くさ》っても一応は女神ってことか。

だが、調子に乗って照れているアクアが憎《にく》たらしい。

「す、凄いなんてものじゃないですよ⁉ 高い知力を必要とされる魔法使い職は無理ですが……。それ以外ならなんだってなれますよ？ 最高の防御《ぼうぎょ》力を誇《ほこ》る聖騎士《せいきし》《クルセイダ

ー》。最高の攻撃力《こうげき》を誇る剣士《けんし》《ソードマスター》。僧侶《プリースト》の上級職である《アークプリースト》など……、最初からほとんどの上級職に……！」

お姉さんの質問にアクアはちょっと悩《なや》み。

「そうね、女神って職業が無いのが残念だけれど……。私の場合アークプリーストかしら」

「アークプリーストですね！　あらゆる回復魔法と支援《しえん》魔法を使いこなし、前衛に出ても問題ない強さを誇る万能《ばんのう》職ですよ！　では、アークプリースト……っと。冒険《ぼうけん》者ギルドへようこそアクア様。スタッフ一同、今後の活躍《かつやく》を期待しています！」

お姉さんはそう言って、にこやかな笑みを浮かべた。

……あれ、何だコレ。

こういったイベントは俺の方に起こるんじゃあ……。

まあ、何にせよ。

こうして、異世界での冒険者生活が始まった。

2

「おーし、ご苦労さーん！　今日はこれで上がっていいぞ！　ほら、今日の日当だ」

「どうもです。お疲《つか》れっしたー！」

「したー！」

親方の仕事の終了《しゅうりょう》の声で、俺とアクアは日当を受け取ると挨拶《あいさつ》と共に頭を下げる。

「じゃあ、皆《みな》さんお先でーす！」

「でーす！」

「おーう、お疲れ！　また明日も頼《たの》むな！」

俺が先輩《せんぱい》達に挨拶すると、アクアも俺に続いて挨拶する。

先輩の声を聞きながら、俺とアクアは現場を後にした。

ああ、今日も一日働いた。

俺が引き篭《こ》もりだったなんて自分でも信じられない話だ。

俺とアクアはその日の日当を握《にぎ》り締《し》め、街の大衆浴場に向かう。

大衆浴場は日本の銭湯とほぼ変わりは無い。

日本に比べれば、一般《いっぱん》の人の平均賃金に換算すると入浴料は割高だが、仕事終わりの風《ふ》呂《ろ》はちょっと高くてもやめられない。

「あー……。生き返るわー………」

熱い湯船に肩《かた》まで浸《つ》かり、仕事の疲れをゆっくり癒《い》やす。

中世っぽい所だし、異世界では風呂なんて贅沢品《ぜいたくひん》だと思っていたが、俺の勝手な思い込みだった様だ。

ありがてえありがてえ……！

風呂から上がると、アクアが浴場の入り口で待っていてくれた。

女より長風呂《ながぶろ》なのもどうかと思うが、こればかりは風呂好き日本人の性《さが》だ。

「今日は何食べる？　私、スモークリザードのハンバーグがいい。あとキンキンに冷えたクリムゾンネロイド！」

「俺も肉がいいな。それじゃ、宿屋のおっちゃんにスモークリザードのハンバーグ定食二人前頼むか」

「異議なし！」

アクアと二人、定食を平らげて満足すると、特にやる事もないし馬小屋に。

馬糞《ばふん》が付いていない藁《わら》を選んで寝床《ねどこ》を作ると、早々と横になった。

俺の隣には当たり前の様にアクアが寝転《ねころ》がる。

「じゃあ、お休み、お休みー」

「おう、お休み。……ふう。今日もよく働いたなあ……」

そして俺は、心地《ここち》よい疲れと共に、深い眠《ねむ》りへと……。

「いや、待ってくれ」

俺はムクリと身を起こした。

「どうしたの？　寝《ね》る前のトイレ行き忘れた？　暗いし付いて行ってあげようか？」

「いらんわ。いやそうじゃなくてな。俺達、何で当たり前の様に普通《ふつう》に労働者やってんだって思ってさ」

そう。

俺とアクアはここ二週間、ずっと街の外壁《がいへき》の拡張工事の仕事をしていた。

つまりは土木工事の作業員。

俺がこの世界に求めていた、冒険者稼業なんて物とは程遠《ほどとお》い。

いや、というかなんでアクアは何の疑問もなくこの生活に馴染《なじ》んでんだ。

お前は一応女神《めがみ》だろ。

「そりゃ、仕事しなきゃご飯も食べられないでしょ？　工事の仕事は嫌《いや》なの？　全く、これだからヒキニートは。一応、商店街の売り子とかの仕事もあるけど？」

「そうじゃねえ！　そうじゃなくて、俺が求めてるのはこう、モンスターとの手に汗《あせ》握る戦闘《せんとう》！　みたいな！　そもそも、この世界は魔王《まおう》に攻《せ》められててピンチなんじゃなかったのかよ!?　平和そのものじゃねーか、魔王の魔の字もないぞ、コラッ！」

熱くなり、つい大声になる俺達の声に周りから罵声《ばせい》が飛んだ。

「おい、うるせーぞ！　静かに寝ろ！」

「あっ、すいません！」

駆《か》け出しの冒険者は貧乏だ。

宿に部屋をとって毎日寝泊《ねと》まりとか、普通はありえない。

一般的には、他《ほか》の冒険者達とお金を出し合って大部屋で雑魚寝《ざこね》とか。

今の俺達の様に、宿の馬小屋を借りて藁の上で寝るとからしい。

うん、想像してた異世界暮らし、期待していた冒険者生活と全然違《ちが》う。

宿暮らしって事は、日本で言えば毎日ホテルで寝泊まりする様なものだ。

収入が不安定な冒険者には到底《とうてい》無理な話だ。

……そう、収入が不安定なのだ。

ゲームに出てくる様な、簡単な薬草採取だの、街の近くでのモンスター討伐《とうばつ》だのといった《クエスト》なんて一つも無かった。

モンスターを適当に倒《たお》せばお金が湧《わ》いて出る訳ではないのだ。

街の近くの森に住んでいたモンスターは、とっくの昔に軒並《のきな》み駆除《くじょ》されたらしい。

モンスターもいない安全な森の中、採取クエストなんてものをわざわざお金を出してまで人に頼む者もほとんどいない。

そりゃそうだ。

街の外には子供だって普通に出るだろう。

門番もいるが、蟻《あり》の子一匹《いっぴき》出入りさせないなんて警備をずっと続けるより、それ程巨大《きょだい》な森でないならとっとと人に害をなすモンスターを駆除すればいい話だ。

言われてみれば当たり前だが、そんな現実的な事はあまり知りたくなかった。

素人《しろうと》に毛が生えた程度の冒険者でも簡単に見分けが付く様な薬草だのを、森に入って半日ほど採取しただけで、その日のホテル代と三食分の金が稼《かせ》げる。

現実には、そんなおいしい仕事がある訳もないってか。

考えてみれば、地球でも裕福《ゆうふく》な国である日本ですら、ホテル暮らしの日雇《ひやと》い労働者《ろうどうしゃ》なん

ていないだろう。

最低賃金？　労働基準法？　なにそれおいしいの？

ここは、そんな異世界だ。

「わ、私に言わないでよそんな事。ここは魔王の城から一番遠い街なのよ？　こんな辺境の、しかも駆け出し冒険者しかいない街なんて、わざわざ襲《おそ》いに来ないわよ。……つまりカズマは、冒険者らしく冒険したいって事？　まだロクな装備が調《ととの》ってもいないのに？」

アクアの真っ当な意見にぐうの音も出ない。

そう、俺とアクアは、必要最低限の冒険用の道具や装備すら持っていない。まずはそれらを手に入れるためとばかりに、安全な土木作業のバイトに勤《いそ》しんでいたのだが。

「そろそろ土木作業ばっかやるのも飽《あ》きたんだよ……。俺、労働者やりに異世界に来たんじゃないぞ。パソコンもゲームも無い世界だけど、俺は冒険するためにここに来たんだ。魔王を討伐するためにここに送られてきたんだろ、俺は？」

俺の言葉に、なんの話だ？　といった顔でしばし考え込んでいたアクアは、

「おおっ！　そういえばそんな話もあったわね。そうよ、労働の喜びに夢中になって忘れてたけど、カズマに魔王を倒して貰《もら》わないと、帰れないじゃないの」

すっとぼけた返事に、そういやこいつは受付のお姉さんに、知力のステータスが人より

低いって言われてたなと納得《なっとく》する。

「いいわ、討伐行きましょう討伐！　大丈夫《だいじょうぶ》、この私がいるからにはサクッと終わるわよ！　期待して頂戴《ちょうだい》！」

「な、なんかもの凄《すご》く不安だが……。そうだよな、お前女神だもんな。頼《たよ》りにしてるぞ！　おし、それじゃ、貯《た》まった金で最低限の武具を揃《そろ》えて、明日はレベル上げだ！」

「任せて頂戴！」

「うるせーってんだろこらっ！　しばかれてーのか！」

「「すいません！」」

他の冒険者に謝りながらも、俺は心を躍《おど》らせて眠りに就《つ》いた。

3

雲一つない、晴れやかな青空の下。

「ああああああああ！　助けてくれ！　アクア、助けてくれええええええ！」

「プークスクス！　やばい、超《ちょう》うけるんですけど！　カズマったら、顔真っ赤で涙目《なみだめ》で、

超必死なんですけど！」

よし、こいつは後で埋《う》めて帰ろう。

俺はそう決心し、巨大なカエル型モンスター、ジャイアントトードに追いかけられながら、助けを求めて逃《に》げ回っていた。

街の外に広がる広大な平原地帯。

ギルドで早速《さっそく》クエストを請《う》けた俺達は、ここに来たのだが……。

必要最低限の武器として、俺はショートソードを。

アクアはと言えば、女神が必死に武器を振《ふ》るうとか絵にならないとバカな事を口走り、現在無装備でのん気に、カエルに追われる俺を眺《なが》めていた。

こいつらは、たかがカエルと侮《あなど》れない。

その体躯《たいく》は牛を超《こ》える巨大さで、繁殖《はんしょく》の時期になると、産卵のための体力を付けるため、エサの多い人里にまで現れ、農家の飼っている山羊《やぎ》を丸呑《まるの》みにするらしい。

山羊を丸呑みと言うのだから、俺やアクアもひとたまりもない。

実際に、毎年このカエルの繁殖期には人里の子供や農家の人が行方《ゆくえ》不明になるそうだ。

見た目はただの巨大なカエル。

だが、街の近隣《きんりん》で駆除された、弱っちいモンスターとは比較《ひかく》にならない程に危険視され

ているモンスター。

ちなみに、その肉は多少の硬《かた》さはあるが、淡白《たんぱく》でサッパリしていて食材として大変喜ばれるらしい。

分厚い脂肪《しぼう》が、打撃《だげき》系の攻撃《こうげき》を防ぐとの事。

金属を嫌《きら》うため、装備さえしっかりと調っていれば捕食《ほしょく》される事もなく、そこそこの冒険《ぼうけん》者にとっては余裕《よゆう》の相手となるらしい。

なので、腕《うで》のいい冒険者は、こいつらを好んで狩《か》るというのだが……。

「アクアー！　アクアー!!　お前いつまでも笑ってないで助けろよおおおおお！」

「まずは、この私をさん付けするところから始めてみましょうか」

「アクア様ー！」

あいつは後で、首から下を地面に埋めて、カエルに狙《ねら》われる恐怖《きょうふ》を味わわせてやろう。

俺は半泣きになりながら、俺の後ろを飛び跳《は》ねて追いかけてくるカエルを見る。

だがカエルは、すでに逃げ回る俺とは違う方向を向いていた。

その視線の先には………。

「しょうがないわねー！　いいわ、助けてあげるわよヒキニート！　その代わり、明日からはこの私を崇《あが》めなさい！　街に帰ったらアクシズ教に入信し、一日三回祈《いの》りを捧《ささ》げる

事！　ご飯の際には、私が頂戴って言ったおかずを抵抗《ていこう》せずに素直《すなお》に寄越《よこ》す事！　そしてひゅぐっ⁉」

ふんぞり返りながら何かを言っていたアクアが姿を消した。

ふと見ると、俺を追いかけていたカエルの動きが止まっている。

そのカエルの口の端《はし》からは、ぷらんと青い物が生えている。

その青いのは……。

「アクアー！　おま、お前、食われてんじゃねえええええ！」

カエルに食われたアクアの足が、カエルの口の端から覗《のぞ》き、ビクンビクンと震《ふる》えている。

俺はショートソードを抜《ぬ》くと、カエルへ向かって駆け出した！

「ぐすっ……、うっ、うえええええええっ……、あぐうっ……！」

俺の前には、地面に膝《ひざ》を抱《かか》えてうずくまり、カエルの粘液《ねんえき》でねちょねちょになって泣くアクアの姿。

その隣《となり》には、俺に頭を砕《くだ》かれたカエルが横たわっていた。

「ううっ……ぐずっ……あ、ありがど……、カズマ、あ、ありがどうね……っ！　うわあ

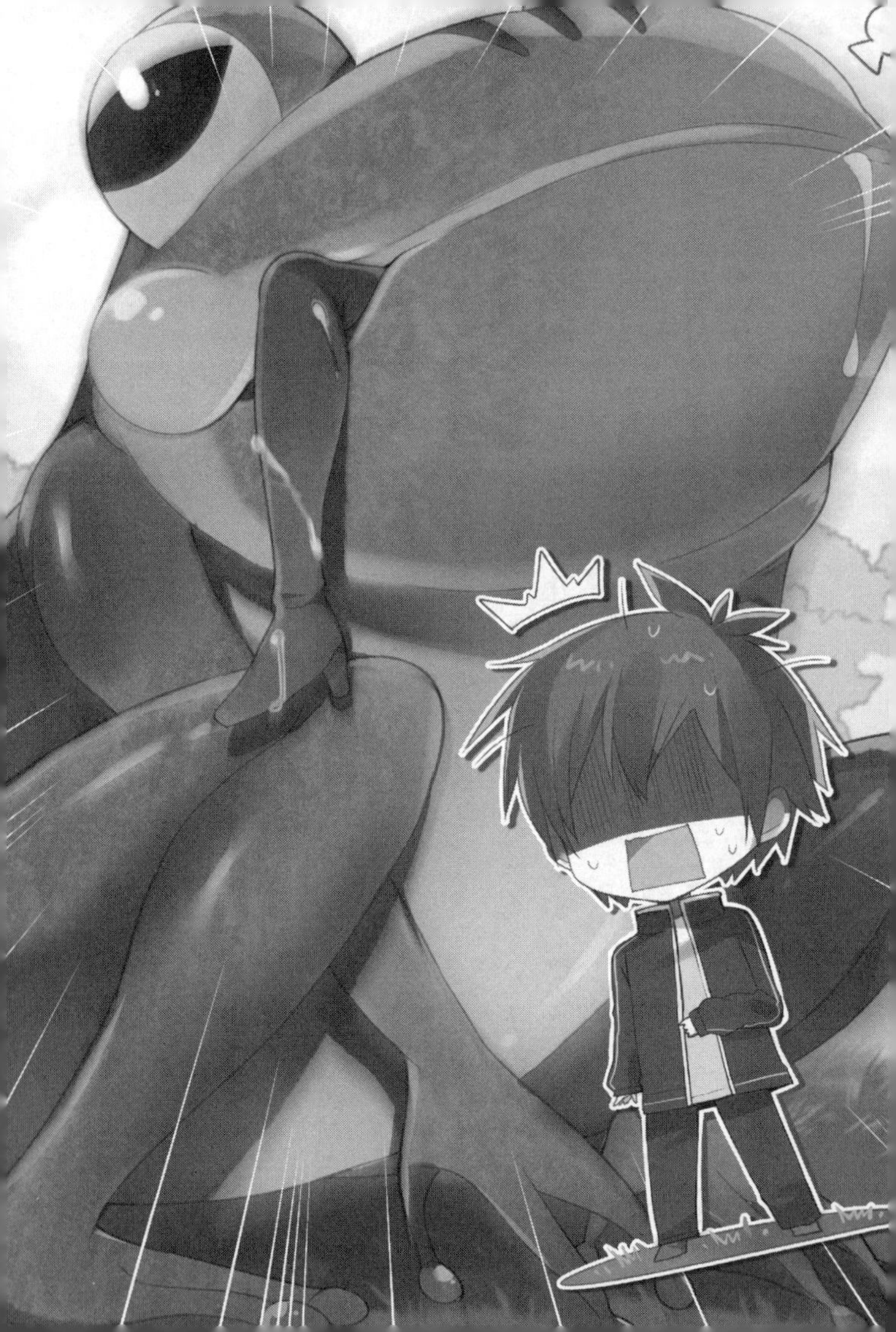

あああああああんっ…………！」

カエルの口から引っ張り出されたアクアは先ほどから泣きじゃくっている。

流石《さすが》の女神も、捕食は応《こた》えたらしい。

「だ、大丈夫かアクア、しっかりしろ……、その、今日はもう帰ろう。請けたクエストは、三日の間にカエル五匹の駆除だけど、これは俺達の手に負える相手じゃない。もっと、装備を調えてからにしよう。俺なんて、武器はショートソード一本、防具すら無くジャージのままだ。せめて、冒険者に見える格好になってからにしよう」

正直言って、ド素人の俺がカエルを仕留められたのも、アクアを捕食したカエルが獲物《えもの》を飲み込もうと、その動きを止めていた事が大きかった。

元気に俺に向かって襲いかかるカエルに、正面から立ち向かっていく勇気は無い。

だがアクアは、粘液でヌラヌラと体中をテカらせながらも立ち上がる。

「ぐすっ……。女神が、たかがカエルにここまでの目に遭《あ》わされて、黙《だま》って引き下がれるもんですか……っ！　私はもう、汚《けが》されてしまったわ。今の汚れた私を信者が見たら、信《しん》仰心《こうしん》なんてダダ下がりよ！　これでカエル相手に引き下がったなんて知れたら、美しくも麗《うるわ》しいアクア様の名が廃《すた》るってものだわ！」

心配するな。日頃《ひごろ》大喜びでおっさん達の数倍の荷物を運んで汗《あせ》を流し、風呂上《ふろあ》がりの晩

飯を何より楽しみにし、馬小屋の藁《わら》の中で俺の隣でよだれを垂らして気持ちよく寝《ね》るあの姿を見れば、今の粘液まみれの姿なんて今更《いまさら》だ。

だがアクアは、俺が止める間も無く、離《はな》れた場所にいたカエルに向かって駆《か》け出した。

「あっ！　おい、待てアクア！」

俺の制止も聞かず、アクアはカエルとの距離《きょり》を詰《つ》め、駆ける勢いそのままに、拳《こぶし》に白い光を宿らせてカエルの腹に殴《なぐ》りかかった。

「神の力、思い知れ！　私の前に立ち塞《ふさ》がった事、そして神に牙《きば》を剝《む》いた事！　地獄《じごく》で後《こう》悔《かい》しながら懺悔《ざんげ》なさい！　ゴッドブローッ！」

確か、ギルドの職員からは、打撃系の攻撃はあまり効果が無いと聞いていたのだが。

ぶよんとカエルの柔《やわ》らかい腹に拳がめり込み、そして殴られたカエルは、まるで何事もなかったかの様に……。

カエルと見つめ合ったままアクアが呟《つぶや》く。

「……カ、カエルって、よく見ると可愛《かわい》いと思うの」

…………俺は、捕食した獲物を飲み込もうとして動かなくなった、本日二匹目になるカエルを倒し、粘液まみれで泣きじゃくる女神《めがみ》を連れ、今日の討伐を終えた。

4

「アレね。二人じゃ無理だわ。仲間を募集《ぼしゅう》しましょう！」

街に帰還《きかん》した俺達は、真っ先に大衆浴場に行って汚《よご》れを落とし、冒険者ギルドにてカエルもも肉の唐揚《からあ》げを食い、作戦会議をしていた。

ここ冒険者ギルドは、冒険者達の待ち合わせや溜《た》まり場としても使われていて、討伐《とうばつ》したモンスターの買い取りと、モンスター料理が売りの大きな酒場が併設《へいせつ》されている。

今日はカエル二匹《ひき》の肉が手に入ったので、ギルドへカエル肉を売り、そこそこの小遣《こづか》いになった。

あんな巨大《きょだい》なカエルは、とても俺達二人じゃ運べない。

だけどギルドの人に頼《たの》むと、倒《たお》したモンスターの移送サービスを行ってくれるそうだ。

カエル一匹の引き取り価格は、移送サービス込みで五千エリス。

ハッキリ言って、土木作業のバイトの給料と稼ぎがあまり変わらないことが分かった。

しかし、ちょっと硬いがカエルの唐揚げが意外にイケるのが驚《おどろ》いた。

この世界に来た当初はトカゲやカエルに抵抗があったが、定食として出され、食べてみ

ると意外と美味《うま》い物が多い。

目の前の女神は、どんな食べ物でも一切《いっさい》の躊躇《ちゅうちょ》なくモリモリ食べていたが。

「でもなあ……。仲間ったって駆け出しでロクな装備もない俺達と、パーティー組んでくれる奴《やつ》なんかいると思うか？」

口一杯《いっぱい》にカエルのもも肉を頬張《ほおば》ったアクアは、手にしたフォークを左右に振った。

「ふぉのわたひがいるんだはら、なかあぁあんて」

「飲み込め。飲み込んでから喋《しゃべ》れ」

口の中の物をゴクリと飲み込み、

「この私がいるんだから、仲間なんて募集かければすぐよ。なにせ、私は最上級職のアークプリーストよ？　あらゆる回復魔法《まほう》が使えるし、補助魔法に毒や麻痺《まひ》なんかの治癒《ちゆ》、蘇生《そせい》だってお手の物。どこのパーティーも喉《のど》から手が出るぐらい欲しいに決まってるじゃない。カズマのせいで地上に墜《お》とされ、本来の力からは程遠《ほどとお》い状態とはいえ、仮にも女が……、コホンッ！　このアクア様よ？　ちょろっと募集かければ『お願いですから連れてってください』って輩《やから》が山ほどいるわ！　分かったら、カエルの唐揚げもう一つよこしなさいよ！」

と言って、俺の皿から唐揚げを奪《うば》い取る自称《じしょう》女神を、俺は不安気に眺めていた。

5

翌日の、冒険者ギルドにて。

「…………………来ないわね……」

アクアが寂《さび》しそうに呟いた。

求人の張り紙を出した俺達は、冒険者ギルドの片隅《かたすみ》にあるテーブルで、すでに半日以上も未来の英雄《えいゆう》候補様を待ち続けている。

どうやら、張り紙が他《ほか》の冒険者に見てもらえていない訳ではないらしい。

俺達以外にもパーティー募集をしている冒険者はそこそこいる。だがその人達は次々と面接をして、何やら談笑《だんしょう》した後どこかに連れだって行った。

誰《だれ》も来ない理由は分かっている。

「……なあ、ハードル下げようぜ。目的は魔王《まおう》討伐《とうばつ》だから、仕方ないっちゃ仕方ないんだが……。流石に、上級職のみ募集してますってのは厳しいだろ」

「うう……。だってだって……」

この異世界の冒険者としての職には、上級職というものがある。

アクアが就《つ》いた、アークプリーストもその上級職の一つだ。

普通《ふつう》の人間ではそうそう就けない、言ってみれば勇者候補だ。

当然、そんな勇者候補は既《すで》に他のパーティーで優遇《ゆうぐう》されている訳で……。

アクアは、魔王討伐のためにできるだけ強力な人材で固めたいところなのだろう。

だが……。

「このままじゃ一人も来ないぞ？　大体、お前は上級職かも知れんが俺は最弱職なんだ。周りがいきなりエリートばかりじゃ俺の肩身《かたみ》が狭《せま》くなる。ちょっと、募集のハードル下げて……」

俺がそう言って、立ち上がろうとした時だった。

「上級職の冒険者募集を見て来たのですが、ここで良いのでしょうか？」

どことなく気怠《けだる》げな、眠《ねむ》そうな赤い瞳《ひとみ》。

そして、黒くしっとりとした質感の、肩口《かたぐち》まで届くか届かないかの長さの髪《かみ》。

俺達に声をかけてきたのは、黒マントに黒いローブ、黒いブーツに杖《つえ》を持ち、トンガリ帽子《ぼうし》まで被《かぶ》った、典型的な魔法使《まほうつか》いの少女だった。

まるで人形の様に整った顔をした——ロリっ子——である。

この世界では、子供が働いているのも別に珍《めずら》しくは無いようだが……。

どう考えても12～13歳くらいにしか見えない、片目を眼帯で隠《かく》した小柄《こがら》で細身なその少女は、突然《とつぜん》バサッとマントを翻《ひるがえ》し、

「我が名はめぐみん！　アークウィザードを生業《なりわい》とし、最強の攻撃《こうげき》魔法、爆裂《ばくれつ》魔法を操《あやつ》る者……！」

「…………冷やかしに来たのか？」

「ち、ちがわい！」

女の子の自己紹介《しょうかい》に思わず突《つ》っ込んだ俺に、その子は慌《あわ》てて否定する。

いや、めぐみんってなんだ。

「……その赤い瞳。もしかして、あなた紅魔族《こうまぞく》？」

アクアの問いにその子はこくりと頷《うなず》くと、アクアに自分の冒険《ぼうけん》者カードを手渡《てわた》した。

「いかにも！　我は紅魔族随一《ずいいち》の魔法の使い手、めぐみん！　我が必殺の魔法は山をも崩《くず》し、岩をも砕く……！　……という訳で、優秀《ゆうしゅう》な魔法使いはいりませんか？　……そして図々《ずうずう》しいお願いなのですが、もう三日も何も食べていないのです。できれば、面接の前に何か食べさせては頂けませんか……」

めぐみんは、そう言って悲しげな瞳でじっと見てきた。

それと同時に、めぐみんの腹の辺りからキューと切ない音が鳴る。

「……飯を奢《おご》るぐらい構わないけどさ。その眼帯はどうしたんだ？　怪我《けが》でもしているのなら、こいつに治してもらったらどうだ？」

「……フ。これは、我が強大なる魔力《まりょく》を抑《おさ》えるマジックアイテムであり……。もしこれが外される事があれば……。その時は、この世に大いなる災厄《さいやく》がもたらされるだろう……」

「へえー……。封印《ふういん》みたいなものか」

「まあ嘘《うそ》ですが。単に、オシャレで着けているただの眼帯……、あっあっ、ごめんなさい、止《や》めて下さい引っ張らないでください！」

「……ええと。カズマに説明すると、彼女達紅魔族は、生まれつき高い知力と強い魔力を持ち、大抵《たいてい》は魔法使いのエキスパートになる素質を秘《ひ》めているわ。紅魔族は、名前の由来となっている特徴《とくちょう》的な紅《あか》い瞳と……。そして、それぞれが変な名前を持っているの」

めぐみんの眼帯を引っ張っている俺に、アクアが言った。

……なるほど。名前といい眼帯といい、俺をからかっているのかと思った。

眼帯を解放され、気を取り直しためぐみんは。

「変な名前とは失礼な。私から言わせれば、街の人達の方が変な名前をしていると思うのです」

「……ちなみに、両親の名前を聞いてもいいか？」

「母はゆいゆい。父はひょいざぶろー」

「「…………」」

思わず沈黙《ちんもく》する俺とアクア。

「……とりあえず、この子の種族は質のいい魔法使いが多いんだよな？　仲間にしてもいいか？」

「おい、私の両親の名前について言いたい事があるなら聞こうじゃないか」

俺に顔を近付けてくるめぐみんに、アクアが冒険者カードを返す。

「いーんじゃない？　冒険者カードは偽造《ぎぞう》できないし、彼女は上級職の、強力な攻撃魔法を操る魔法使い、アークウィザードで間違《まちが》いないわ。カードにも、高い魔力値が記されてるし、これは期待できると思うわ。もし彼女の言う通り本当に爆裂魔法が使えるのなら、それは凄《すご》い事よ？　爆裂魔法は、習得が極《きわ》めて難しいと言われる爆発《ばくはつ》系の、最上級クラスの魔法だもの」

「おい、彼女ではなく、私の事はちゃんと名前で呼んで欲しい」

抗議《こうぎ》してくるめぐみんに、俺は店のメニューを手渡した。

「まあ、何か頼むといいよ。俺はカズマ。こいつはアクアだ。よろしく、アークウィザー

ド」

めぐみんは何か言いたそうな顔をしながら、無言でメニューを手に取った。

6

「爆裂魔法は最強魔法。その分、魔法を使うのに準備時間が結構かかります。準備が調《ととの》うまで、あのカエルの足止めをお願いします」

俺達は満腹になっためぐみんを連れ、あのジャイアントトードにリベンジに来ていた。

平原の、遠く離《はな》れた場所には一匹《いっぴき》のカエルの姿。

そのカエルは、こちらに気付いて向かって来ていた。

だが、更《さら》に逆方向からも別のカエルがこちらに向かう姿が見える。

「遠い方のカエルを魔法の標的にしてくれ。近い方は……。おい、行くぞアクア。今度こそリベンジだ。お前、一応は元なんたらなんだろ？　たまには元なんたらの実力を見せてみろ！」

「元って何!?　ちゃんと現在進行形で女神《めがみ》よ私は！　アークプリーストは仮の姿よぉ！」

涙目《なみだめ》で俺の首を絞《し》めようとしてくる自称女神を、めぐみんが不思議そうに。

「……を、自称している可哀想《かわいそう》な子だよ。たまにこういった事を口走ることがあるんだけど、できるだけそっとしておいてやって欲しい」

「……女神？」

俺の言葉に、同情の目でアクアを見るめぐみん。

涙目になったアクアが、拳《こぶし》を握《にぎ》ってヤケクソ気味に、近い方のカエルへと駆《か》け出した。

「何よ、打撃《だげき》が効き辛《づら》いカエルだけど、今度こそ女神の力を見せてやるわよ！　見てなさいよカズマ！　今のところ活躍《かつやく》してない私だけど、今日こそはっ！」

そう叫《さけ》んで、見事カエルの体内へ侵入《しんにゅう》する事に成功した学習能力の無いアクアが、やがて動かなくなり、そのまま一匹のカエルを足止めする。

流石《さすが》は女神、身を挺《てい》して時間稼《かせ》ぎをしてくれているらしい。

……と、めぐみんの周囲の空気がビリビリと震《ふる》えだした。

めぐみんが使おうとしている魔法がヤバそうなことは、魔法を知らない俺でも分かった。

魔法を唱えるめぐみんの声が大きくなり、めぐみんのこめかみに一筋の汗《あせ》が伝う。

「見ていてください。これが、人類が行える中で最も威力《いりょく》のある攻撃《こうげき》手段。……これこそが、究極の攻撃魔法です」

めぐみんの杖の先に光が灯《とも》った。

膨大《ぼうだい》な光をギュッと凝縮《ぎょうしゅく》した様な、とても眩《まぶ》しいが小さな光。

めぐみんが、紅い瞳を鮮《あざ》やかに輝《かがや》かせ、カッと見開く。

「『エクスプロージョン』ッ！」

平原に一筋の閃光《せんこう》が走り抜《ぬ》ける。

めぐみんの杖の先から放たれたその光は、遠く、こちらに接近してくるカエルに吸い込まれる様に突き刺《さ》さると……！

その直後、凶悪《きょうあく》な魔法《まほう》の効果が現れた。

目も眩《くら》む強烈《きょうれつ》な光、そして辺りの空気を震わせる轟音《ごうおん》と共に、カエルは爆裂《ばくれつ》四散した。

凄《すさ》まじい爆風に吹《ふ》き飛ばされそうになりながらも、俺は足を踏《ふ》ん張り顔を庇《かば》う。

爆煙《ばくえん》が晴れると、カエルのいた場所には二十メートル以上のクレーターができており、その爆発の凄まじさを物語っていた。

「……すっげー。これが魔法か……」

俺がめぐみんの魔法の威力に感動している、その時。

魔法の音と衝撃《しょうげき》で目覚めでもしたのか、一匹のカエルが地中からのそりと這《は》い出た。

雨も降っていない上に水源もないこの平原で、太陽の下、このカエル達はどうやって乾《かわ》かずに生存できているのだろうと思っていたが、地中とは予想外だ。

カエルはめぐみんの近くに這い出ようとしているが、その動作は非常に遅《おそ》い。

この隙《すき》にめぐみんと共にカエルから距離《きょり》を取り、先程《さきほど》の爆裂魔法で消し飛ばしてもらえばいいだろう。

「めぐみん！　一旦《いったん》離《はな》れて、距離を取ってから攻撃を……」

そこまで言いかけて、めぐみんの方を向くと同時。

俺はそのまま動きを止める。

そこにはめぐみんが倒《たお》れていた。

「ふ……。我が奥義《おうぎ》である爆裂魔法は、その絶大な威力ゆえ、消費魔力もまた絶大。……要約すると、限界を超《こ》える魔力を使ったので身動き一つ取れません。あっ、近くからカエルが湧《わ》き出すとか予想外です。……やばいです。食われます。すいません、ちょ、助け……ひあっ……!?」

俺は、アクアとめぐみんが身を挺して動きを封《ふう》じたカエル二匹《ひき》にとどめを刺し。

何とか、三日以内にジャイアントトード五匹討伐《とうばつ》のクエストを完了《かんりょう》させた。

7

「うっ……うぐっ……。ぐすっ……。生臭《なまぐさ》いよう……。生臭いよう……」

俺の後を、粘液《ねんえき》まみれのアクアがめそめそと泣きながら付いて来る。

「カエルの体内って、臭《くさ》いけどいい感じに温かいんですね……。知りたくもない知識が増えました……」

アクアと同じく粘液まみれで、知りたくもない知識を教えてくれながら、めぐみんは俺の背中におぶさっていた。

魔法を使う者は、魔力の限界を超えて魔法を使うと、魔力の代わりに生命力を削《けず》る事になるらしい。

魔力が枯渇《こかつ》している状態で大きな魔法を使うと、命に関《かか》わる事もあるそうだ。

「今後、爆裂魔法は緊急《きんきゅう》の時以外は禁止だな。これからは、他《ほか》の魔法で頑張《がんば》ってくれよ、めぐみん」

「…………使えません」

俺の言葉に、背中におぶさっためぐみんが、肩《かた》を摑《つか》む手に力を込めた。

「…………は？　何が使えないんだ？」

めぐみんの言葉に、俺はオウム返しで言葉を返す。

めぐみんが、俺に摑まる手に更に力を込め、その薄《うす》い胸が俺の背中に押し付けられた。

「……私は、爆裂魔法しか使えないです。他には、一切《いっさい》の魔法が使えません」

「…………マジか」

「…………マジです」

俺とめぐみんが静まり返るなか、今まで鼻をぐすぐす鳴らしていたアクアが、ようやく会話に参加する。

「爆裂魔法以外使えないってどういう事？　爆裂魔法を習得できる程のスキルポイントがあるなら、他の魔法を習得していない訳がないでしょう？」

……スキルポイント？

そういや、ギルドのお姉さんがスキル習得がどうのと言っていたな。

そんな俺の顔を見て、アクアが説明してくれる。

「スキルポイントってのは、職業に就《つ》いた時に貰《もら》える、スキルを習得するためのポイントよ。優秀《ゆうしゅう》な者ほど初期ポイントは多くて、このポイントを振《ふ》り分けて様々なスキルを習得するの。例えば、超優秀《ちょうゆうしゅう》な私なんかは、まず宴会芸《えんかい》スキルを全部習得し、それからア

ークプリーストの全魔法も習得したわ」

「……宴会芸スキルって何に使うものなんだ？」

アクアは俺の質問を無視して先を続ける。

「スキルは、職業や個人によって習得できる種類が限られてくるわ。例えば水が苦手な人は氷結や水属性のスキルを習得する際、普通《ふつう》の人よりも大量のポイントが必要だったり、最悪、習得自体ができなかったり。……で、爆発系の魔法は複合属性って言って、火や風系列の魔法の深い知識が必要な魔法なの。つまり、爆発系の魔法を習得できるくらいの者なら、他の属性の魔法なんて簡単に習得できるはずなのよ」

「爆裂魔法なんて上位の魔法が使えるなら、下位の他の魔法が使えない訳が無いって事か。……で、宴会芸スキルってのは何時《いつ》どうやって使うものなんだ？」

俺の背中で、めぐみんがぽつりと呟《つぶや》いた。

「……私は爆裂魔法をこよなく愛するアークウィザード。爆発系統の魔法が好きなんじゃないです。爆裂魔法だけが好きなのです」

そもそも、爆発魔法と爆裂魔法って何が違《ちが》うんだ？

その意味は俺には分からないが、アクアは真剣《しんけん》な面持《おもも》ちでめぐみんの独白に耳を傾《かたむ》けている。

いや、そんな事よりも、俺はすでに宴会芸スキルとやらの方が気になっているんだが。

「もちろん他のスキルを取れば楽に冒険《ぼうけん》ができるでしょう。火、水、土、風。この基本属性のスキルを取っておくだけでも違うでしょう。……でも、ダメなのです。私は爆裂魔法しか愛せない。たとえ今の私の魔力《まりょく》では一日一発が限界でも。たとえ魔法を使った後は倒れるとしても。それでも私は、爆裂魔法しか愛せない！　だって、私は爆裂魔法を使うためだけに、アークウィザードの道を選んだのですから！」

「素晴《すば》らしい！　素晴らしいわ！　その、非効率ながらもロマンを追い求めるその姿に、私は感動したわ！」

……まずい、どうもこの魔法使《まほうつか》いはダメな系だ。

よりによってアクアが同調しているのがその証拠《しょうこ》だ。

俺はここ二回のカエルとの戦いで、どうもこの女神、ちっとも使えないんじゃないかと疑っているのだ。

はっきり言って、アクア一人でも厄介《やっかい》なのにこれ以上問題児は……。

よし、決めた。

「そっか。多分茨《いばら》の道だろうけど頑張れよ。お、そろそろ街が見えてきたな。それじゃあ、ギルドに着いたら今回の報酬《ほうしゅう》を山分けにしよう。うん、まあ、また機会があればどこか

で会う事もあるだろ」

その言葉に、俺を掴んでいるめぐみんの手に力が込められた。

「ふ……。我が望みは、爆裂魔法を放つ事。報酬などおまけに過ぎず、なんなら山分けでなく、食事とお風呂《ふろ》とその他雑費を出して貰えるなら、我は無報酬でもいいと考えている。そう、アークウィザードである我が力が、今なら食費とちょっとだけ！　これはもう、長期契約《けいやく》を交《か》わすしかないのではないだろうか！」

「いやいや、その強力な力は俺達みたいな弱小パーティーには向いてない。そう、めぐみんの力は俺達には宝の持ち腐《ぐさ》れだ。俺達の様な駆け出しは普通の魔法使いで十分だ。ほら、俺なんか最弱職の冒険者なんだからさ」

俺はそう言いながら、ギルドに着いたらすぐに追い出せるように、必死でしがみついてくるめぐみんの手を緩《ゆる》めようとする。

が、その俺の手をめぐみんが掴んで放さない。

「いえいえ、弱小でも駆け出しでも大丈夫《だいじょうぶ》です。私は上級職ですけどまだまだ駆け出し。レベルも6ですから。もう少しレベルが上がればきっと魔法使っても倒れなくなりますから。で、ですから、ね？　私の手を引き剥《は》がそうとしないで欲しいです」

「いやいやいやいや、一日一発しか使えない魔法使いとか、かなり使い勝手悪いから。く

っ、こいつ魔法使いのくせに意外な握力《あくりょく》をっ……！　お、おい放せ、お前多分ほかのパーティーにも捨てられた口だろ、というかダンジョンにでも潜《もぐ》った際には、爆裂魔法なんて狭《せま》い中じゃ使えないし、いよいよ役立たずだろ。お、おい放せって。ちゃんと今回の報酬はやるから！　放せ！」

「見捨てないでください！　もうどこのパーティーも拾ってくれないのです！　ダンジョン探索《たんさく》の際には、荷物持ちでも何でもします！　お願いです、私を捨てないでください！」

背中から離れようとしないめぐみんが、捨てないでだのと大声で叫ぶためか、通行人達がこちらを見てひそひそと話をしていた。

すでに街中に入っているため、見てくれだけは良いアクアもいるせいか、やたら目立つ。

「——やだ……。あの男、あの小さい子を捨てようとしてる……」

「——隣《となり》には、なんか粘液まみれの女の子を連れてるわよ」

「——あんな小さい子を弄《もてあそ》んで捨てるなんて、とんだクズね。見て！　女の子は二人ともヌルヌルよ？　一体どんなプレイしたのよあの変態」

……間違《まちが》いなくあらぬ誤解を受けている。

アクアがそれを聞いてにやにやしているのが憎《にく》たらしい。

そして、めぐみんにもそれが聞こえた様で。

俺が肩越《かたご》しにめぐみんを見ると、めぐみんは口元をにやりと歪《ゆが》め……。

「どんなプレイでも大丈夫ですから！　先程の、カエルを使ったヌルヌルプレイだって耐《た》えてみせ」

「よーし分かった！　めぐみん、これからよろしくな！」

8

「はい、確かに。ジャイアントトードを三日以内に五匹討伐。クエストの完了を確認致《かくにんいた》しました。ご苦労様でした」

冒険者ギルドの受付に報告を終え、規定の報酬を貰う。

粘液にまみれたアクアとめぐみんは、そのままだと生臭い上、また俺があらぬ誤解を受ける可能性があるので、とっとと大衆浴場へ追いやった。

仕留めたカエルの内一体は爆裂魔法で消滅《しょうめつ》したため、クエスト完了の報告はどうなるのかと思っていたが、冒険者カードには、倒したモンスターの種類や討伐《とうばつ》数が記録されていくらしい。

俺は自分のカードと、めぐみんから預かったカードを見せると、受付はカウンターに置

いてある妙《みよう》な箱を操作して、それだけでチェックを終えていた。

科学の代わりに魔法《まほう》が発達した結果なんだろうが、この世界の技術もあながちバカにはできない。

俺は改めて自分のカードを見ると、そこには冒険者レベル4と記されている。

あのカエルは駆《か》け出し冒険者にとってレベルを上げやすい部類のモンスターなのだそうだ。

俺一人でカエルを四匹狩《ひきか》った訳だが、それだけで一気にレベルが4に上がった。

低レベルな人間ほど成長が速いらしい。

カードに記されているステータスの数値が多少は上がっているが、あまり強くなったという実感は無い。

「……しかし、本当にモンスターを倒《たお》すだけで、強くなるもんなんだなぁ……」

俺は思わず呟いた。

受付のお姉さんは、最初の説明の時に言っていた。

この世のあらゆるモノは、魂《たましい》を体の内に秘《ひ》めている。どの様な存在も、生き物を食べたり、もしくは殺したり。他の何かの生命活動にとどめを刺《さ》す事で、その存在の魂の記憶《きおく》

の一部を吸収できる、と。

こういう所は本当にゲームみたいだ。

よく見ると、カードにはスキルポイントと書かれていて、そこに3と表示されている。

これを使えば、俺もスキルを覚えられるわけだ。

「ではジャイアントトード二匹《ひき》の買い取りとクエストの達成報酬を合わせまして、十一万エリスとなります。ご確認くださいね」

十一万か。

あの巨大《きよだい》なカエルが、移送費込みで一匹《いっぴき》五千円程での買い取り。

そして、カエル五匹を倒して報酬が十万円。

アクアの話では、クエストは四人から六人でパーティーを組んで行うものらしい。

なので、普通の冒険者の相場だと、一日から二日をかけて命懸《いのちが》けで戦い、カエル五匹の取引と報酬、合わせて十二万五千円。五人パーティーだったとして、一人当たりの取り分が二万五千円。

……割に合わねー。

クエストが一日で済めば日当二万五千円。

これだけ見れば一般人《いっぱんじん》にしてはいい稼《かせ》ぎに思えるかもしれないが、命懸《いのちが》けの仕事にしては割に合っていない気がする。

事実、今日なんてカエルがもう一匹湧《わ》いてたら俺も食われて、誰《だれ》も助けることができず、あっさり全滅《ぜんめつ》していただろう。

考えただけでもゾッとする。

一応ほかのクエストにも目を通すと、そこに並んでいたクエストは……。

『――森に悪影響《あくえいきょう》を与《あた》えるエギルの木の伐採《ばっさい》、報酬はでき高制――

――迷子になったペットのホワイトウルフを探して欲しい――

――息子《むすこ》に剣術《けんじゅつ》を教えて欲しい――　※要、ルーンナイトかソードマスターの方に限る。

――魔法実験の練習台探してます――　※要、強靭《きょうじん》な体力か強い魔法抵抗《ていこう》力………』

うん。

この世界で生きていくのは甘くない。

冒険開始二日目にして、もう日本に帰りたくなって来た。

「……すまない、ちょっといいだろうか……？」

近くの椅子《いす》に座り、俺は軽いホームシックになっていると、背後からボソリと声がかけられた。

異世界の現実を見せつけられ、なんだかぐったりしていた俺は虚《うつ》ろな目で振《ふ》り向いた。

「なんでしょ……うか……」

そして、俺は声の主を見て絶句した。

女騎士《きし》。

それも、とびきり美人の。

パッと見た感じ、クールな印象を受けるその美女は、無表情にこちらを見ていた。

身長は俺より若干《じゃっかん》高い。

俺の身長が165センチ。

それより少し高いとなると170ぐらいだろうか。

頑丈《がんじょう》そうな金属鎧《よろい》に身を包んだ、金髪碧眼《きんぱつへきがん》の美女だった。

俺よりも一つ二つ年上だろうか。

鎧のせいでその体型は分からないが、その美女は、何だかとても色気があった。

クールな顔立ちなのに、何だろう、被虐心《ひぎゃくしん》を煽《あお》ると言うか……。

……っと、いかん、見惚《みと》れてどうする。

「あ、えーっと、何でしょうか？」

同い年みたいなアクアや年下なめぐみんと違《ちが》い、年上の美人相手という事で緊張《きんちょう》し、若干上擦《うわず》った声になってしまう。

長い引き篭《こ》もり生活の弊害《へいがい》だ。

「うむ……。この募集《ぼしゅう》は、あなたのパーティーの募集だろう？　もう人の募集はしていないのだろうか」

その女騎士が見せてきたのは一枚の紙。

そう言えば、めぐみんをパーティーに入れてから、募集の紙をまだ剝がしていなかった。

「あー、まだパーティーメンバーは募集してますよ。と言っても、あまりオススメはしないですけど……」

「ぜひ私を！　ぜひ、この私をパーティーに！」

やんわり断ろうとした俺の手を、突然《とつぜん》、女騎士がガッと摑《つか》んだ。

……えっ。

「い、いやいや、ちょっ、待って待って、色々と問題があるパーティーなんですよ、仲間二人はポンコツだし、俺なんて最弱職で、さっきだって仲間二人が粘液《ねんえき》まみれ、いだだだだっ！」

粘液まみれと言った瞬間《しゅんかん》に、俺の手を握《にぎ》る女騎士がその手に力を込めた。

「やはり、先ほどの粘液まみれの二人はあなたの仲間だったのか！　一体何があったらあんな目に……！　わ、私も……！　私もあんな風に……！」

「えっ⁉」

今このお姉さんはなんつった？

「いや違う。あんな年端《としは》もいかない二人の少女、それがあんな目に遭《あ》うだなんて騎士として見過ごせない。どうだろう、この私はクルセイダーというナイトの上級職だ。募集要項《ようこう》にも当てはまると思うのだが」

なんだろう、この女騎士、目がやばい。落ち着いた雰囲気《ふんいき》のお姉さんだと思っていたのに！

そして、俺の危機感知センサーが反応している。

こいつはアクアやめぐみんに通じる何かがあるタイプだと。

……美人だが仕方ない。

「いやー、先ほど言いかけましたがオススメはしないですよ。仲間の一人は何の役に立つのか良く分からないですし、もう一人は一日一発しか魔法が撃《う》てないそうです。そして俺は最弱職。ポンコツパーティーなんで、他《ほか》の所をオススメしま……っ!?」

さらに女騎士の手に力が込められる。

「なら尚更《なおさら》都合が良い！　いや実は、ちょっと言い辛《づら》かったのだが、私は力と耐久《たいきゅう》力には自信があるのだが不器用で……。その……、攻撃《こうげき》が全く当たらないのだ……」

やはり俺のセンサーは正しかったらしい。

「という訳で、上級職だが気を遣《つか》わなくていい。ガンガン前に出るので、盾代《たてが》わりにこき使って欲しい」

女騎士が、椅子に座る俺に端整《たんせい》な顔をズイと寄せてくる。

顔が近い！

俺は座っているため相手から見下ろされる体勢なのだが、女騎士のサラサラの金髪《きんぱつ》が俺の頬《ほお》に当たってドキドキする。

こんな所でも長期の引き篭もりによる弊害が……！

いや違う、単に思春期の童貞《どうてい》には刺激《しげき》が強過ぎて、ドギマギしているだけだ。

落ち着け、色香《いろか》に惑《まど》わされるな！

「いや、女性が盾代わりだなんて、ウチのパーティーは貧弱なんで本当にあなたに攻撃が回ってきますって。それこそ毎回モンスターに袋叩《ふくろだた》きにされるかも知れませんよ⁉」

「望む所だ」

「いや、アレですよ。今日なんて仲間二人がカエルに捕食《ほしょく》されて粘液まみれにされたんですよ⁉　それが毎日続くかも」

「むしろ望む所だっ！」

…………ああ、分かった。

頬を紅潮させて俺の手を強く握る女騎士。

それを見て、俺は悟《さと》った。

……こいつも、性能だけでなく中身までダメな系だ。

第二章 この右手にお宝《ぱんつ》を！

1

「なあ。聞きたいんだがスキルの習得ってどうやるんだ？」

カエル討伐《とうばつ》の翌日の事。

俺達はギルド内の酒場で、遅《おそ》めの昼食をとっていた。

俺の目の前では、金がなく、俺達に会うまではろくな物を食べられなかったらしいめぐみんが、一心不乱に定食を喰《く》らい、アクアは手近な店員を捕《つか》まえておかわりを注文している。

とても年頃《としごろ》の女とは思えない旺盛《おうせい》な食欲《しょくよく》だ。

……一応女二人に男一人のハーレムパーティーなのに、色気の欠片《かけら》も無《ね》えな……。

めぐみんが、フォークを握り締《し》めたまま顔を上げると。

「スキルの習得ですか？　そんなもの、カードに出ている、現在習得可能なスキルってところから……。ああ、カズマの職業は冒険者《ぼうけん》者でしたね。初期職業と言われている冒険者は、誰かにスキルを教えてもらうのです。まずは目で見て、そしてスキルの使用方法を教えてもらうのです。すると、カードに習得可能スキルという項目《こうもく》が現れるので、ポイントを使ってそれを選べば習得完了《かんりょう》なのです」

なるほど。

確か受付のお姉さんが、初期職業の冒険者は全《すべ》てのスキルが習得可能だと言っていた。

という事は……。

「……つまりめぐみんに教えてもらえば、俺でも爆裂魔法《ばくれつまほう》が使えるようになるって事か？」

「その通りです！」

「うおっ！」

俺の何気ない一言に、意外な食いつきを見せるめぐみん。

「その通りですよカズマ！　まあ、習得に必要なポイントはバカみたいに食いますが、冒険者は、アークウィザード以外で唯一《ゆいいつ》爆裂魔法が使える職業です。爆裂魔法を覚えたいな

ら幾《いく》らでも教えてあげましょう。というか、それ以外に覚える価値のあるスキルなんてありますか？　いいえ、ありませんとも！　さあ、私と一緒《いっしょ》に爆裂道を歩もうじゃないですか！」

顔が近い！

「ちょ、落ち、落ち着けロリっ子！　つーか、スキルポイントってのは今3ポイントしかないんだが、これで習得できるものなのか？」

「ロ、ロリっ子……!?」

滾《たぎ》るめぐみんでは話にならないため、アクアに尋《たず》ねる。

「冒険者が爆裂魔法を習得しようと思うなら、スキルポイントの10や20じゃきかないわよ。十年ぐらいかけてレベルを上げ続けて一切《いっさい》ポイントを使わず貯《た》めれば、もしかしたら習得できるかもね」

「待てるかそんなもん」

「ふ……、この我《われ》がロリっ子………」

俺の一言にショックを受けたらしいめぐみんは、しょんぼりと項垂《うなだ》れながら再び定食をモソモソと食べだした。

しかし、俺の就《つ》いている職業、冒険者は、全スキルを習得可能って所が唯一の利点なの

だから、せっかくなら多彩《たさい》なスキルを覚えていきたい。

「なあアクア。お前なら便利なスキルたくさん持ってるんじゃないか？　何か、お手軽なスキルを教えてくれよ。習得にあまりポイントを使わないで、それでいてお得な感じの」

俺の言葉に、アクアは水の入ったコップを握り、しばらく考え込む。

「……しょうがないわねー。言っとくけど、私のスキルは半端《はんぱ》ないわよ？　本来なら、誰《だれ》にでもホイホイと教えるようなスキルじゃないんだからね？」

やたら勿体《もったい》を付けるアクアだが、教えてもらう立場なのでここはじっと我慢《がまん》だ。

俺は神妙《しんみょう》に頷《うなず》きながら、アクアがスキルを使う所を観察する。

「じゃあ、まずはこのコップを見ててね。この水の入ったコップを自分の頭の上に落ちないように載《の》せる。ほら、やってみて？」

ちょっと人目が気になるが、俺はアクアに続いて同じように自分の頭にコップを載せた。

すると、アクアはどこから取り出したのか、一粒《ひとつぶ》の何かの種をテーブルに置く。

「さあ、この種を指で弾《はじ》いてコップに一発で入れるのよ。すると、あら不思議！　このコップの水を吸い上げた種はにょきにょきと……」

「誰が宴会芸《えんかいげい》スキル教えろっつったこの駄女神《だめがみ》！」

「ええ――――!?」

なぜかショックを受けたらしいアクアも、めぐみんに続いてしょぼんとしながらテーブルの上の種を指で弾いて転がし始める。

何を落ち込んでいるのかは知らないが、目立つから頭の上のコップを下ろして欲しい。

「あっはっは！　面白《おもしろ》いねキミ！　ねえ、キミがダクネスが入りたがってるパーティーの人？　有用なスキルが欲しいんだろ？　盗賊《とうぞく》スキルなんてどうかな？」

それは、横からの突然の声。

見れば隣《となり》のテーブルには二人の女性がいた。

俺に声をかけてきたのは革の鎧《よろい》を着た、身軽な格好をした女の子。

頬に小さな刀傷があり、ちょっとスレた感じだがサバサバとした明るい雰囲気の銀髪の美少女だ。

その隣には、ガチガチのフルプレートメイルを着込んだ金髪ロングの美女。

冷たく、とっつきにくいクールな印象の……。

そう、先日、パーティーに入りたいと言ってきたあの女騎士《きし》だった。

盗賊の子は俺より一つ二つ年下だろうか。

「えっと、盗賊スキル？　どんなのがあるんでしょう？」

俺の質問に、盗賊風の女の子は上機嫌《じょうきげん》で。

「よくぞ聞いてくれました。盗賊スキルは使えるよー。罠《わな》の解除に敵感知、潜伏《せんぷく》に窃盗《せっとう》。持ってるだけでお得なスキルが盛りだくさんだよ。キミ、初期職業の冒険者なんだろ？　盗賊のスキルは習得にかかるポイントも少ないしお得だよ？　どうだい？　今なら、クリムゾンビア一杯《いっぱい》でいいよ？」

安いな！

と思ったが、よく考えればスキルを教えた所でこの子にはリスクなんてない。

本気で俺が盗賊スキルを教えて欲しければ、そこらの他の盗賊に頼《たの》んでもいい訳だし。

「よし、お願いします！　すんませーん、こっちの人に冷えたクリムゾンビアを一つ！」

2

「まずは自己紹介《しょうかい》しとこうか。あたしはクリス。見ての通りの盗賊だよ。で、こっちの無愛想《ぶあいそう》なのがダクネス。昨日ちょっと話したんだっけ？　この子の職業はクルセイダーだから、キミに有用そうなスキルはちょっと無いと思うよ」

「ウス！　俺はカズマって言います。クリスさん、よろしくお願いします！」

冒険者ギルドの裏手の広場。

俺とクリス、そしてダクネスの三人は、人気《ひとけ》のない広場に立っていた。

ちなみに連れの二人は、なにやらテーブルでへこんだままだったので置いてきた。

「では、まずは《敵感知》と《潜伏》をいってみようか。《罠解除》とかは、こんな街中に罠なんてないからまた今度ね。じゃあ……、ダクネス、ちょっと向こう向いてて？」

「……ん？　……分かった」

ダクネスが、言われたとおりに反対を向く。

すると、クリスはちょっと離《はな》れた所にあるタルの中へ入り、上半身だけを出す。

そしてダクネスの頭に、何を思ったのか石を投げつけ、そのままタルの中に身を隠《かく》した。

……………ひょっとして、これが潜伏スキルだとか言う気だろうか。

「………………」

石をぶつけられたダクネスが、無言のままスタスタと、ぽつんと一つしかないタルへ歩いていく。

「敵感知……。敵感知……！　ダクネスの怒《おこ》ってる気配をピリピリ感じるよ！　ねえダクネス!?　分かってると思うけど、これはスキルを教えるために仕方なくやってる事だからね!?　お手柔《てやわ》らかにああああああああああ、やめてええええええええええええええ！」

隠れていたタルごと横に倒《たお》され、ゴロゴロと転がされ、クリスが悲鳴を上げている。

……こ、これでほんとにスキルを覚えられるんだろうな……。

「さ、さて。それじゃあたしの一押《いちお》しのスキル、窃盗をやってみようか。これは、対象の持ち物を何でも一つ奪《うば》い取るスキルだよ。相手がしっかり握《にぎ》っている武器だろうが、鞄《かばん》の奥にしまい込んだサイフだろうが、何でも一つ、ランダムで奪い取る。スキルの成功確率は、ステータスの幸運値に依存《いそん》するよ。強敵と相対した時に相手の武器を奪ったり、大事に隠しているお宝だけかっさらって逃《に》げたり、色々と使い勝手のいいスキルだよ」

タルごと転がされ、目を回していたクリスが復活し、窃盗の説明をしてくれる。

確かに、窃盗スキルはなかなか使えそうだ。

しかも、成功率が幸運依存って事は、俺の唯一高いステータスを活《い》かせるって事だ。

「じゃあ、キミに使ってみるからね？　いってみよう！　『スティール』ッ！」

クリスが手を前に突《つ》き出し叫《さけ》ぶと同時、その手に小さな物が握られていた。

それは……。

「あっ！　俺のサイフ！」

俺のなけなしの金が入った薄《うす》いサイフ。

「おっ！　当たりだね！　まあ、こんな感じで使うわけさ。それじゃ、サイフを返……」

　クリスは、俺にサイフを返そうとして、そしてにんまりと笑《え》みを浮《う》かべた。

「……ねえ、あたしと勝負しない？　キミ、早速《さっそく》窃盗スキルを覚えてみなよ。それで、あたしから何か一つ、スティールで奪っていいよ。それが、あたしのサイフでもあたしの武器でも文句は言わない。この軽いサイフの中身だと、間違《まちが》いなくあたしのサイフの中身や武器の方が価値があるよ。どんな物を奪ったとしても、キミはこの自分のサイフと引き換《か》え。……どう？　勝負してみない？」

　いきなりとんでもない事を言い出す子だ。

　しかし、と俺は考える。

　俺は幸運値が高いらしい……。

　相手からは何か一つ奪ってもいい……。

　つまり、スキルに失敗したら何も貰《もら》えないって事じゃないだろう。

　……やってやるか。

　なんというか、こういった賭《か》け事《ごと》みたいな事はいかにも荒《あら》くれた冒険《ぼうけん》者同士のとり取りみたいで憧《あこが》れる！

　そう、この世界に来てようやく冒険者っぽいイベントだ！

俺は自分の冒険者カードを確認《かくにん》すると、そこに習得可能スキルという欄《らん》が新しく表示されているのを確認した。

そこを指で押してみると、四つのスキルが表示される。

《敵感知》1ポイント、《潜伏》1ポイント、《窃盗》1ポイント、《花鳥風月》5ポイント。

……《花鳥風月》？　これはアクアがやってた、コップに種を入れる宴会芸か？

宴会芸のくせに何て大層な技名《わざめい》！　え!?　これだけスキルポイント高っ!!

宴会芸は気になる所ではあるが、俺はひとまず、カードの中のスキル、窃盗、敵感知、潜伏を習得する。

3ポイントあったスキルポイントが消費され、残りスキルポイントが0になる。

なるほど、こんな感じでスキルを覚えるのか。

「早速覚えたぞ。そして、その勝負乗った！　何盗《と》られても泣くんじゃねーぞ？」

言って右手を突き出す俺に、クリスが不敵に笑って見せた。

「いいねキミ！　そういう、ノリのいい人って好きだよ！　さあ、何が盗れるかな？　今ならサイフが敢闘賞《かんとうしょう》。当たりは、魔法《まほう》が掛《か》けられたこのダガーだよ！　こいつは四十万エリスは下らない一品だからね！　そして、残念賞はさっきダクネスにぶつけるために多め

に拾っといたこの石だよ！」

「ああっ！　きったねえ!!　そんなのありかよっ！」

俺はクリスが取り出した石を見て、思わず抗議《こうぎ》の声を上げた。

自信満々だと思ったら、こういう事か！

確かにゴミアイテムを多く持っておけば、大事なアイテムが盗られる確率も減り、スティール対策になる。

「これは授業料だよ。どんなスキルも万能《ばんのう》じゃない。こういった感じで、どんなスキルにだって対抗《たいこう》策はあるもんなんだよ。一つ勉強になったね！　さあ、いってみよう！」

畜生《ちくしょう》、確かにいい勉強にはなった！

それに心底楽しそうに笑うクリスを見ていると、騙《だま》された俺がマヌケな気分にすら思えてくる。

ここは日本じゃない、弱肉強食の異世界だ。

騙される甘っちょろいヤツが悪いのだ。

それに、勝負の分が悪くなったってだけで、まだ残念賞に当たるとは決まっていない。

「よし、やってやる！　俺は昔から運だけはいいんだ！　『スティール』ッ！」

叫ぶと同時、俺が突き出した右手には何かがしっかりと握られていた。

成功確率は幸運依存と言っていたが、一発で成功した所を見ると、やはり俺は、運だけには恵《めぐ》まれているらしい。

俺は自分が手に入れた物を広げ、マジマジと見ると……。

「……なんだこれ？」

それは、一枚の白い布切れだった。

俺はそれを両手で広げ、陽《ひ》にかざして見ると……。

「ヒャッハー！　当たりも当たり、大当たりだあああああああ！」

「いやあああああああ！　ぱ、ぱんつ返してええええええええええええええっ！」

クリスが自分のスカートの裾《すそ》を押さえながら、涙目《なみだめ》で絶叫《ぜっきょう》した。

3

俺がスキルを覚えてギルドの酒場に戻《もど》ると、そこは大変な騒《さわ》ぎになっていた。

「アクア様、もう一度！　金なら払《はら》うので、どうかもう一度《花鳥風月》を！」

「ばっか野郎《やろう》、アクアさんには金より食い物だ！　ですよね!?　アクアさん！　奢《おご》ります

から、ぜひもう一度《花鳥風月》を！」

迷惑《めいわく》そうな様子のアクアの周りに、なぜか人だかりができていた。

「芸って物はね？　請《こ》われたからって何度もやる物ではないの！　良いジョークは一度きりに限るって、偉《えら》い人が言ってたわ。ウケたからって同じ芸を何度もやるのは三流の芸人よ！　そして私は芸人じゃないから、芸でお金を受け取る訳にはいかないの！　これは芸をたしなむ者の最低限の覚悟《かくご》よ。それに花鳥風月は元々あなた達に披露《ひろう》するつもりだった芸でもなく——あっ！　ちょっとカズマ、やっと戻ってきたわね、あんたのおかげでえらい事に……。って、その人どうしたの？」

人だかりを面倒臭《めんどうくさ》そうに押しのけながら、俺の隣《となり》で涙目で落ち込んでいるクリスにアクアが興味を抱《いだ》く。

すると俺が説明するより早く、ダクネスが口を開いた。

「うむ。クリスは、カズマにぱんつを剝《は》がれた上にあり金毟《むし》られて落ち込んでいるだけだ」

「おいあんた何口走ってんだ！　待てよ、おい待て。間違ってないけど、ほんと待て」

俺は、クリスが幾《いく》らでも払うからぱんつを返してと泣いて頼《たの》んできたので、自分のぱんつの値段は自分で決めろと告げただけだ。

そして、提示する値段に満足しなかったら、もれなくクリスのぱんつは我が家の家宝として奉《たてまつ》られる事になる、と。

つまるところ、泣きながら自分のサイフと俺のサイフを差し出してきたから交換《こうかん》に応じたまでで、ダクネスの言い方だとなんだか語弊《ごへい》がある。

ダクネスの言葉に軽くひいてるアクアとめぐみんの視線が気になるが、やがてクリスが落ち込んでいたその顔を上げた。

「公《おおやけ》の場でいきなりぱんつ脱《ぬ》がされたからって、いつまでもめそめそしててもしょうがないね！　よし、ダクネス。あたし、悪いけど臨時で稼《かせ》ぎのいいダンジョン探索《たんさく》に参加してくるよ！　下着を人質《ひとじち》にされてあり金失っちゃったしね！」

「おい、待てよ。なんかすでに、アクアとめぐみん以外の女性冒険者達の目まで冷たい物になってるからほんとに待って」

今の会話が聞こえていたらしい周囲の女性冒険者。

その冷たい視線に怯《おび》える俺に、クリスがクスクス笑い、

「このくらいの逆襲《ぎゃくしゅう》はさせてね？　それじゃあ、ちょっと稼いでくるから適当に遊んでいてねダクネス！　じゃあ、いってみようかな！」

言いながら、クリスは冒険仲間募集《ぼしゅう》の掲示板《けいじばん》に行ってしまった。

「えっと、ダクネスさんは行かないの？」

自然と俺達のテーブルに座ったままのダクネスに、俺は疑問に思って尋《たず》ねる。

「……うむ。私は前衛職だからな。前衛職なんて、どこにでも有り余っている。でも、盗《とう》賊《ぞく》はダンジョン探索に必《ひっ》須《す》な割に、地味だから成り手があまり多くない職業だ。クリスの需要《じゅよう》なら幾らでもある」

なるほど、そういやアクアもアークプリーストは希少で引っ張りだこだと言っていたし、職業によって優遇《ゆうぐう》されたりなどと色々あるのだろう。

ほどなくして臨時パーティーが見つかったのか、数名の冒険者達と連れ立ってギルドから出て行くクリス。

クリスは、出掛《でが》けにこちらに向かってひらひらと手を振《ふ》って出て行った。

「もうすぐ夕方なのに、クリス達はこれからダンジョン探索に向かうのか？」

「ダンジョン探索は、できることなら朝一で突入《とつにゅう》するのが望ましいのです。なので、あやって前の日にダンジョンに出発して、朝までダンジョン前でキャンプするのです。ダンジョン前には、そういった冒険者を相手にしている商売すら成り立っていますしね。それで？　カズマは、無事にスキルを覚えられたのですか？」

めぐみんのその言葉に、俺はにやりと不敵に笑った。

「ふふ、まあ見てろよ？　いくぜ、『スティール』ッ！」

俺は叫び、めぐみんに右手を突き出すと、その手にはしっかりと白い布が握《にぎ》られていた。

そう、ぱんつである。

「あ、あれっ!?　お、おかしーな、こんなはずじゃ……。ランダムで何かを奪《うば》い取るってスキルのはずなのにっ！」

「……なんですか？　レベル上がってステータスが上がったから、冒険者から変態にジョブチェンジしたんですか？　……あの、スースーするのでぱんつ返してください……」

慌《あわ》ててめぐみんにぱんつを返し、いよいよ俺を見る周囲の女性達の視線が冷たい物になっていく中、突然《とつぜん》バンとテーブルが叩《たた》かれた。

それは、椅子《いす》を蹴《け》って立ち上がったダクネスだった。

その目は、なぜか爛々《らんらん》と輝《かがや》いていた……。

「やはり。やはり私の目に狂《くる》いは無かった！　こんな幼気《おさなげ》な少女の下着を公衆の面前で剝ぎ取るなんて、なんと言う鬼畜《きちく》……っ！　是非《ぜひ》とも……！　是非とも私を、このパーティーに入れて欲しい！」

「いらない」

「んんっ……!? く……っ！」

俺の即答《そくとう》に、ダクネスが頬《ほお》を赤らめてブルッと身を震《ふる》わせた。

どうしよう、何だか分からないがこの女騎士《きし》は間違《まちが》いなくダメなタイプだ。

と、そんなダクネスにアクアとめぐみんが興味を持ったのか、

「ねえカズマ、この人だれ？ 昨日言ってた、私とめぐみんがお風呂《ふろ》に行ってる間に面接に来たって人？」

「ちょっと、この方クルセイダーではないですか。断る理由なんて無いのではないですか？」

ダクネスを見ながら口々に勝手な事を言ってくる。

しまったなあ……、せっかく昨日は断ったのに。

この二人には絶対会わせたくなかったんだが……。

……よし、この手で行くか。

「……実はなダクネス。俺とアクアは、こう見えて、ガチで魔王《まおう》を倒《たお》したいと考えている」

天界に帰りたいアクアはともかく、カエル相手ですら手こずるという、この世界の厳し

い現実を知った今の俺に、もうそんな気はあまり無いのだが。

隣では、めぐみんがそんな話は聞いていないと言わんばかりの顔をしているが、気にしない。

いや、この際好都合かも知れない。

「丁度いい機会だ、めぐみんも聞いてくれ。俺とアクアは、どうあっても魔王を倒したい。そう、俺達はそのために冒険者《ぼうけんしゃ》になったんだ。という訳で、俺達の冒険は過酷《かこく》な物になる事だろう。特にダクネス、女騎士のお前なんて、魔王に捕《つか》まったりしたら、それはもうとんでもない目に遭《あ》わされる役どころだ」

「ああ、全くその通りだ！　昔から、魔王にエロい目に遭わされるのは女騎士の仕事と相場は決まっているからな！　それだけでも行く価値がある！」

「えっ⁉　……あれっ⁉」

「えっ？　……なんだ？　私は何か、おかしな事を言ったか？」

強く同意してきたダクネスに、俺は思わず声が出る。

……と、とりあえずこっちは後回しだ。

「めぐみんも聞いてくれ。相手は魔王。この世で最強の存在に喧嘩《けんか》を売ろうってんだよ、俺とアクアは。そんなパーティーに無理して残る必要は……」

途端《とたん》。

めぐみんが、ガタンと椅子を蹴って立ち上がった。

マントをバサッとひるがえしながら。

「我が名はめぐみん！　紅魔族随一《ずいいち》の魔法《まほう》の使い手にして爆裂《ばくれつ》魔法を操《あやつ》りし者！　我を差し置き最強を名乗る魔王！　そんな存在は我が最強魔法で消し飛ばしてみせましょう！」

ギルド中の視線を集め、めぐみんが朗々とそんな厨二病《ちゅうにびょう》宣言をした。

こいつも駄目《だめ》だ。自信満々なドヤ顔すんな。

どうしよう、痛い子二人がむしろやる気に……。

「……ねえ、カズマ、カズマ……」

俺がガックリと落ち込んでいると、アクアがクイクイと俺の袖《そで》を引いてくる。

「私、カズマの話聞いてたら何だか腰《こし》が引けてきたんですけど。何かこう、もっと楽して魔王討伐《とうばつ》できる方法とか無い？」

……お前は一番やる気出せ、むしろお前が一番の関係者だろ……。

……と、その時。

『緊急《きんきゅう》クエスト！　緊急クエスト！　街の中にいる冒険者の各員は、至急冒険者ギルドに集まってください！　繰《く》り返します。街の中にいる冒険者の各員は、至急冒険者ギルドに集まってください！』

街中に大音量のアナウンスが響《ひび》く。

魔法か何かで音を拡大しているのだろうか。

「おい、緊急クエストってなんだ？　モンスターが街に襲撃《しゅうげき》に来たのか？」

ちょっと不安気な俺とは対照的に、ダクネスとめぐみんはどことなく嬉《うれ》しそうな表情だ。

ダクネスが、嬉々《きき》とした声で言ってきた。

「……ん、多分キャベツの収穫《しゅうかく》だろう。もうそろそろ収穫の時期だしな」

「………………。」

「は？　キャベツ？　キャベツって、モンスターの名前か何かか？」

俺が呆然《ぼうぜん》とそんな感想を告げると、何故《なぜ》かめぐみんとダクネスが可哀想《かわいそう》な人でも見るかのような目で見つめてきた。

「キャベツとは、緑色の丸いやつです。食べられる物です」

「噛《か》むとシャキシャキする歯ごたえの、美味《おい》しい野菜の事だ」

「そんな事知っとる！　じゃあ何か？　緊急クエストだの騒《さわ》いで、冒険者に農家の手伝い

させようってのか、このギルドの連中は？」

最近まで土木工事やってた俺が言うのもなんだが、俺はここに農業しに来た訳じゃない。

「あー……。カズマは知らないんでしょうけどね？　ええっと、この世界のキャベツは……

………」

アクアが、何だか申し訳無さそうに俺に言いかけるが、それを遮《さえぎ》る様に、ギルドの職員が建物内にいる冒険者に向かって大声で説明を始めた。

「皆《みな》さん、突然のお呼び出しすいません！　もうすでに気づいている方もいるとは思いますが、キャベツです！　今年もキャベツの収穫時期がやって参りました！　今年のキャベツは出来が良く、一玉の収穫につき一万エリスです！　すでに街中の住民は家に避難《ひなん》して頂いております。では皆さん、できるだけ多くのキャベツを捕まえ、ここに納めてください！　くれぐれもキャベツに逆襲されて怪我《けが》をしない様お願い致《いた》します！　なお、人数が人数、額が額なので、報酬《ほうしゅう》の支払《しはら》いは後日まとめてとなります！」

…………今、この職員はなんつった!?

その時、冒険者ギルドの外で歓声《かんせい》が起こった。

何事かと、人混《ひとご》みに交ざり様子を見に行く俺の目に、街中を悠々《ゆうゆう》と飛び回る緑色の物体の姿が飛び込んでくる。

呆然とその訳の分からない光景に立ち尽《つ》くしていると、いつの間にか隣《となり》に来ていたアクアが厳《おごそ》かに。

「この世界のキャベツは飛ぶわ。味が濃縮《のうしゅく》してきて収穫の時期が近づくと、簡単に食われてたまるかとばかりに。街や草原を疾走《しっそう》する彼らは大陸を渡《わた》り海を越《こ》え、最後には人知れぬ秘境の奥で誰《だれ》にも食べられず、ひっそりと息を引き取ると言われているわ。それならば、私達は彼らを一玉でも多く捕まえて美味しく食べてあげようって事よ」

「俺、もう馬小屋に帰って寝《ね》てもいいかな」

呆然と呟《つぶや》く俺の隣を、勇敢《ゆうかん》な冒険者達が気勢を上げて駆《か》け抜《ぬ》けてゆく。

彼らもまた、今、この瞬間《しゅんかん》を必死に生きるキャベツ達に感化された熱き漢《おとこ》達なのだろう。

冒険者達が懸命《けんめい》にキャベツを追いかける中、俺は強く願っていた。

……何が悲しくて、キャベツを相手に死闘《しとう》を繰り広げなくてはならないのか。

……日本に帰りたい。

4

ギルドの中で出されたキャベツ炒《いた》めを一口食べて。

「何故たかがキャベツの野菜炒めがこんなに美味《うま》いんだ。納得《なっとく》いかねえ、ホントに納得いかねえ」

無事キャベツ狩《が》りが終わった街中では、あちこちで収穫されたキャベツを使った料理が振《ふ》る舞《ま》われていた。

良い金になるので、結局キャベツ狩りに参加した俺だったが、何だか軽く後悔《こうかい》している。

俺はキャベツと戦うために異世界に来た訳じゃない。

「しかし、やるわねダクネス！　あなた、さすがクルセイダーね！　あの鉄壁《てっぺき》の守りには流石《さすが》のキャベツ達も攻《せ》めあぐねていたわ」

「いや、私など、ただ硬《かた》いだけの女だ。私は不器用で動きも速くは無い。だから、剣《けん》を振《ふ》るってもロクに当たらず、誰かの壁《かべ》になって守る事しか取り柄《え》が無い。……その点、めぐみんは凄《すさ》まじかった。キャベツを追って街に近づいたモンスターの群れを、爆裂魔法の一《いち》撃《げき》で吹《ふ》き飛ばしていたではないか。他《ほか》の冒険者達のあの驚《おどろ》いた顔といったら無かったな」

「ふふ、我が必殺の爆裂魔法の前において、何者も抗《あらが》う事など叶《かな》わず。……それよりも、カズマの活躍《かつやく》こそ目覚ましかったです。魔力《まりよく》を使い果たした私を素早《すばや》く回収して背負って帰ってくれました」

「……ん、私がキャベツやモンスターに囲まれ、袋叩《ふくろだた》きにされている時も、カズマは颯《さっ》爽《そう》と現れ、襲《おそ》い来るキャベツ達を収穫していってくれた。助かった、礼を言う」

「確かに、潜伏《せんぷく》スキルで気配を消して、敵感知で素早くキャベツの動きを捕捉《ほそく》し、背後からスティールで強襲《きょうしゅう》するその姿は、まるで鮮《あざ》やかな暗殺者のごとしです」

やがてアクアが、テーブルの上に平らげたキャベツ皿をコトリと置く。

今回のキャベツ狩りにおいて、ただ一人だけ好き勝手にキャベツを追いかけ回し、全く活躍していない駄女神は、優雅《ゆうが》に口元を拭《ぬぐ》い、

「カズマ……。私の名において、あなたに【華麗《かれい》なるキャベツ泥棒《どろぼう》】の称号《しょうごう》を授《さず》けてあげるわ」

「やかましいわ！　そんな称号で俺を呼んだら引っ叩《ばた》くぞ！　……ああもう、どうしてこうなった！」

俺は頭を抱《かか》えたままテーブルに突《つ》っ伏《ぶ》した。

緊急事態である。

「では……。名はダクネス。職業はクルセイダーだ。一応両手剣を使ってはいるが、戦力としては期待しないでくれ。なにせ、不器用過ぎて攻撃《こうげき》がほとんど当たらん。だが、壁になるのは大得意だ。よろしく頼《たの》む」

そう。仲間が一人、増えました。

アクアが、満足そうに余裕《よゆう》の笑《え》みを浮《う》かべながら。

「……ふふん、ウチのパーティーもなかなか、豪華《ごうか》な顔触《かおぶ》れになってきたじゃない？ アークプリーストの私に、アークウィザードのめぐみん。そして、防御《ぼうぎょ》特化の上級前衛職である、クルセイダーのダクネス。四人中三人が上級職なんてパーティー、そうそうないわよカズマ？ あなた、凄《すご》くついてるわよ？ 感謝なさいな」

一日一発しか魔法が使えない魔法使《まほうつか》いに、攻撃が当たらない前衛職、極上《ごくじょう》のバカで運が悪くて、未《いま》だなんの役にも立っていないプリーストだがな！

キャベツ狩りの最中、ダクネスと意気投合したアクアとめぐみんが、ダクネスをパーティーに迎《むか》え入れようと言い出したのだ。

俺だって、普通《ふつう》の仲間だったなら特に断る理由も無い。

だって美人だし。

だがこのダクネス。全くと言っていいほどに攻撃が当たらない。

相当な美人なのだが。

何でも、スキルポイントを防御系のスキルに全振りしているため、通常の前衛職なら習得するのが当たり前のスキル、《両手剣》などの、武器の扱《あつか》いが上手《うま》くなる攻撃スキルを一切《いっさい》取っていないらしい。

見た目はクールな美女なのに、本当に勿体無《もったいな》い。

しかもこのクルセイダー、なぜかやたらとモンスターの群れのど真ん中に突っ込みたがるのだ。

弱者を守るクルセイダーとして、他の者を守りたい気持ちが人一倍強いのは良い事なのかもしれないが…………。

「んく……っ。ああ、先ほどのキャベツやモンスターの群れにボコボコに蹂躙《じゅうりん》された時は堪《たま》らなかったなあ……。このパーティーでは本格的な前衛職は私だけの様だから、遠慮《えんりょ》なく私を囮《おとり》や壁代わりに使ってくれ。なんなら、危険と判断したら捨て駒《ごま》として見捨てて貰《もら》ってもいい。……んんっ！　そ、想像しただけで、む、武者震《むしゃぶる》いが……っ！」

頰《ほお》をほんのり赤く染めて、小さく震《ふる》えているダクネス。

……こいつ、アレだ。

タダのドＭだ。

こんなクールな美人なのに、俺の目にはもはやただの変態にしか映らない。

「それではカズマ。多分……いや、間違《まちが》いなく足を引っ張る事になるとは思うが、その時は遠慮なく強めで罵《ののし》ってくれ。これから、よろしく頼む」

あらゆる回復魔法《まほう》を操《あやつ》るアークプリーストに、最強の魔法を使うアークウィザード。

そして、鉄壁の守りを誇《ほこ》るクルセイダー。

それだけ聞くと完璧《かんぺき》そうな布陣《ふじん》なのに、これから苦労させられる予感しかしなかった。

5

冒険《ぼうけん》者レベルが6になった。

キャベツ狩りでレベルが二つも上がった事になる。

俺はキャベツを捕《つか》まえただけで、倒《たお》してもいないのに何故《なぜ》レベルが上がるんだろう。

そもそも、なぜキャベツにこんなに経験値があるんだろうか。

ツッコミたい所は山ほどあったが、考えだすと頭が痛くなるのでスルーしたい。

この世界では、色々気にしたら負けだと思う。

キャベツ一玉一万エリスの報酬だったが、たかがキャベツにこんなに高い報酬が出るのは、新鮮《しんせん》なキャベツを食べると経験値が貰えるから、という事らしい。

つまり、お金を持ってる冒険者は食べるだけでも強くなれる訳だ。

レベル上昇《じょうしょう》とともに、スキルポイントも増えた。

なぜレベルが上がるとこんなロールプレイングゲームみたいな現象が起こるのかとか、細かく突っ込んでいくと眠《ねむ》れなくなりそうなので気にしないでおく。

何度も言うが気にしたら負けだ。

現在のスキルポイントが２ポイント。

俺は、キャベツ狩りクエストの時に知り合った、他パーティーの魔法使いと剣士《けんし》から、《片手剣》スキルと《初級魔法》スキルを教えて貰った。

それぞれのスキル習得に１ポイント。

片手剣スキルは、その名の通りの片手剣の扱い上達。

これで、俺も人並みに剣の取り扱いが出来るようになったらしい。

またポイントが空になってしまったが、剣は元より、魔法はぜひとも覚えておきたかったのだ。

魔法が使える世界に来て、魔法を使いたくない人間なんていないはず。

初級魔法スキルは、火、水、土、風の各種属性の簡単な魔法が使えるようになるスキルらしい。

ちなみに初級属性魔法に殺傷力のある魔法は皆無《かいむ》で、普通は初級は取らず、スキルポイントを貯《た》めていきなり中級魔法を覚える魔法使いが多いそうだ。

中級魔法は、習得に10ポイントを使う。

そんなにポイントを食うのなら、魔力が高い訳でもない俺が、攻撃《こうげき》魔法を覚えるのは諦《あきら》めた方がいいのかもしれない。

才能の有無《うむ》で、生まれつきスキルポイントを所持している奴《やつ》もいるらしい。

最初から上級職を選べる優秀《ゆうしゅう》な奴は、初期スキルポイントが10や20を超《こ》える事も少なくないそうだ。

アクアは論外として、めぐみんやダクネスも、最初からかなり優遇《ゆうぐう》されていたのかもしれない。

かたや俺がレベル1の時に最初から持っていたスキルポイントは0ポイント。

……落ち込むから深く考えないでおこう。

スキルも覚え、冒険者らしくはなってきた。

となると、後は装備を何とかしたい。

たまにこっちで買った服に着替《きが》える時はあるものの、なにせ今の格好は、最初に着ていたジャージにショートソード一本のみ。

革製《かわ》でいいから、鎧《よろい》の一つも欲しいところだ。


と、いう訳で。


「……で、何で私まで付き合わされるのよ、その買い物に」

俺は、文句をたれるアクアを連れて武具ショップにやって来ていた。

「いや、お前も一応装備調《ととの》えとけよ。俺はジャージだけど、お前も似たようなもんだろ？　お前の装備、そのヒラヒラの羽衣《はごろも》だけじゃないか」

アクアも俺と一緒《いっしょ》にこの世界に来たままの格好だ。

アクアの水色の髪《かみ》と水色の瞳《ひとみ》に合わせてあつらえた様な、淡《あわ》い紫色《むらさきいろ》の、ヒラヒラした薄《うす》い羽衣を着ている。

毎日、寝間着《ねまき》に着替えた後は、宿屋のバケツで羽衣をジャブジャブ水洗いして、馬のエ

サの藁《わら》を乾《かわ》かす場所に、藁と一緒に干していたのを見た。

アクアは呆《あき》れたと言わんばかりの表情で、

「バカねー。あんた忘れてるみたいだけど、私は女神なのよ？　この羽衣だって神具に決まってるじゃない。あらゆる状態異常を受け付けず、強力な耐久力《たいきゅう》と様々な魔法が掛《か》かった逸品《いっぴん》よ？　これ以上の装備なんて、この世界に存在しないわ」

そんな神具を、馬のエサと一緒に干すなと言いたい。

「それは良い事を聞いたな。いよいよ生活に困ったら、その神具を売ろうぜ。……おっ、革製だけど、この胸当てとかいい感じだな」

「……ね、ねえ、冗談《じょうだん》よね？　この羽衣は私が女神である証《あかし》みたいな物だからね？　う、売らないわよね？　ね？　う、売らないわよ？」

6

「……ほう、見違《みちが》えたではないか」

「おおー。カズマが、ようやくちゃんとした冒険者みたいに見えるのです」

もはや溜《た》まり場にもなっている冒険者ギルドにて、ダクネスとめぐみんが俺の格好を見

て感想を述べた。

今まで冒険者でなく、ただの不審者《ふしん》程度にしか見えていなかったのかと聞きたいところだ。

今の格好は、こちらの世界の服の上から革製の胸当てと金属製の篭手《こて》、同じく金属製のすねあてを装備している。

アクアから、ジャージ姿の俺がウロウロしているだけでファンタジー感がぶち壊《こわ》しだと苦情を受けたので、先日、服を数着買っておいた。

魔法系のスキルを使用する際には、片手を空けておいた方がいいとの事。

なので、せっかく初級とはいえ魔法を覚えてみたので、盾《たて》は持たずに片刃《かたば》の剣《けん》一本を携《たずさ》え、魔法剣士《けんし》みたいなスタイルでいこうと思う。

クリスとのスティール勝負で貰ったお金は大分減ったが、一、二週間は食べていけるだけは残してある。

とはいえ、やはり装備を調え、スキルも覚えたなら、クエストに行ってみたくなるものだ。

その事を皆《みな》に伝えると、ダクネスがふむと頷《うなず》く。

「ジャイアントトードが繁殖《はんしょく》期に入っていて街の近場まで出没《しゅつぼつ》しているから、それを……」

「「カエルはやめよう!」」

言いかけたダクネスに、強い口調でアクアとめぐみんが拒絶《きょぜつ》した。

「……なぜだ? カエルは刃物《はもの》が通り易《やす》く倒し易いし、攻撃法も舌による捕食《ほしょく》しかしてこない。倒したカエルも食用として売れるから稼《かせ》ぎもいい。薄い装備をしていると食われたりするらしいが、今のカズマの装備なら、金属を嫌《いや》がって狙《ねら》われないと思うぞ。アクアとめぐみんは私がきっちり盾になろう」

「あー……。この二人はカエルに食われかけた事があるから、トラウマになってるんだ。頭からパックリいかれて粘液《ねんえき》まみれにされたからな。しょうがないから他《ほか》のを狙おう」

俺の説明にダクネスはなぜか、少し頰を赤らめた。

「……あ、頭からパックリ……。粘液まみれに……」

「……お前、ちょっと興奮してないだろうな」

「してない」

ダクネスは目を逸《そ》らし、赤い顔でもじもじしながら即答《そくとう》するが、凄《すご》く不安になってきた。

こいつ、目を離《はな》したら一人でカエル狩《が》りに行ったりしないだろうな。

「緊急《きんきゅう》クエストのキャベツ狩りは除くとして、このメンツでの初クエストだ。楽に倒せるヤツがいいな」

俺のその意見に、めぐみんとダクネスが掲示板《けいじばん》へ手頃《てごろ》なクエストを探しに行った。

そして、それを聞いたアクアが、俺に小《こ》バカにした様に言ってくる。

「これだから内向的なヒキニートは……。そりゃあ、カズマは一人だけ最弱職だから慎重《しんちょう》になるのも分かるけど、この私をはじめ、上級職ばかりが集まったのよ？　もっと難易度の高いクエストをバシバシこなして、ガンガンお金稼いで、どんどんレベル上げて、それで魔王《まおう》をサクッと討伐《とうばつ》するの！　という訳で、一番難易度の高いヤツをいきましょう！」

…………。

「……お前、言いたくないけど……。まだ何の役にも立ってないよな」

「!?」

アクアが俺の言葉にビクリとした。

それに構わず続ける。

「本来なら俺は、お前から強力な能力か装備を貰《もら》って、ここでの生活には困らないはずだった訳だ。そりゃあ、俺だって無償《むしょう》で神様から特典を貰える身で、ケチなんてつけたくないよ？　それにその場の勢いとはいえ、能力よりお前を希望したのは俺なんだし！　で

も、俺はその能力や装備の代わりにお前を貰った訳なんだが、今のところ、特殊《とくしゅ》能力や強力な装備並みにお前は役に立ってくれているのかと問いたい。どうなんだ？　最初は随分《ずいぶん》偉《えら》そうで自信たっぷりだった割に、ちっとも役に立たない自称《じしょう》元なんとかさん」

「うう……、も、元じゃなく、その……。い、一応今も女神《めがみ》です……」

シュンとなりながら言ってくるアクアに、俺は更《さら》に声を張り上げ。

「女神!!　女神ってあれだろ!?　勇者を導いてみたり、魔王とかと戦って、勇者が一人前になるまで魔王を封印《ふういん》して時間稼いでたりする！　今回のキャベツ狩りクエストで、お前がやった事って何だ!?　最終的には何とかたくさん捕まえてたみたいだが、基本はキャベツに翻弄《ほんろう》されて、転んで泣いてただけだろ？　お前、野菜に泣かされといてそれで本当に女神なの？　そんなんで女神を名乗っていいのか!?　この、カエルに食われるしか脳の無い、宴会《えんかい》芸しか取り柄《え》のない穀潰《ごくつぶ》しがぁ！」

「わ、わあああーっ！」

テーブルに突《つ》っ伏《ぶ》してワッと泣き出したアクアを見ながら、小バカにされた事に対する逆襲《ぎゃくしゅう》が完了《かんりょう》し、ちょっと満足する。

だが、アクアはというと、これで終わらせておく気にはなれなかったらしい。

テーブルからキッと顔を上げ、小賢《こざか》しくも言い返してきた。

「わ、私だって、回復魔法《まほう》とか回復魔法とか回復魔法とか、一応役に立っているわ！　なにさ、ヒキニート！　じゃあ、このままちんたらやってたら魔王討伐《とうばつ》なんてどれだけかかるか分かってんの⁉　何か考えがあるなら言ってみなさいよ！」

ウルウルした上目遣《うわめづか》いで、下から睨《にら》みつけてくるアクア。

そのアクアに、ふっと鼻で笑ってやる。

「高校もサボりまくってプロのゲーマーとして着々と修行《しゅぎょう》を積んでいた俺に、この手の事で何の考えもないと思っていたのか？」

「プロのゲーマーだったの？」

「……言ってみただけだ。いいかアクア。俺には、物語に出てくる主人公みたいな凄い力なんて無い。だが、日本で培《つちか》った知識はある。そこで、俺でも簡単に作れ、かつここの世界に無い日本の物とかを、売りに出してみるってのはどうかと思ってな。ほら、俺は幸運が高い。商売でもやったらどうだって、受付のお姉さんに言われただろ？　だから、無理して冒険者稼業《ぼうけんかぎょう》だけで食っていくだけじゃなく、他の手段も考えておこうかと思ってさ。金さえあれば、経験値稼ぎだって楽ができるだろ？　キャベツみたく、食べるだけでも強くなれる食材もあるんだしさ」

まあ、他の日本人も同じ知識を持っている訳だが、その連中は俺とは違《ちが》ってちゃんと神

から貰った特殊能力がある。

そんな連中は、俺みたいに商売なんて面倒《めんどう》な事は考えず、基本に忠実にクエストをこなして生活している事だろう。

何が言いたいかというと、俺は冒険者なんて割に合わないと思ってきている。

今のところ、カエル狩りとキャベツ狩りしかしていないが、他のクエストを見てみても、内容の割にその報酬《ほうしゅう》はとても安い。

この世界での命の値段は軽過ぎると思うのだ。

一応、アクアの手前では魔王がどうとか言ってはいるが、正直なところ、俺としてはまともに魔王討伐なんてものは視野に入れてはいない。

なので、俺がこの世界でどうやったら一番楽に生計を立てて行けるかを模索《もさく》中なのだが。

「と、いう訳でお前も何か考えろ！　何か、手軽にできて儲《もう》かる商売でも考えろ！　あと、お前の最後の取り柄の回復魔法をとっとと俺に教えろよ！　スキルポイント貯まったら、俺も回復魔法の一つぐらい覚えたいんだよ！」

「嫌ーっ！　回復魔法だけは嫌！　嫌よおっ！　私の存在意義を奪《うば》わないでよ！　私がいるんだから別に覚えなくてもいいじゃない！　嫌！　嫌よおおおっ！」

言ってテーブルに突っ伏し、唯一《ゆいいつ》の存在意義を奪われまいとおいおい泣き始めるアクア。

と、そんな俺達のもとにめぐみんとダクネスが帰って来た。

「……何をやっているんですか？　……カズマは結構えげつない口撃力《こうげき》がありますから、遠慮《えんりょ》なく本音をぶちまけていると大概《たいがい》の女性は泣きますよ？」

「うむ。ストレス溜まっているのなら……。アクアの代わりに私を口汚《くちぎたな》く罵《ののし》ってくれても構わないぞ。……クルセイダーたるもの、誰《だれ》かの身代わりになるのは本望《ほんもう》だ」

二人の視線は、テーブルの上で泣き続けるアクアに注がれている。

皆の注目を集めているのを自覚したのか、泣きながらも、顔を埋《うず》めた腕《うで》の隙間《すきま》から時折こちらをチラッチラッと窺《うかが》うのがちょっとイラッとする。

「こいつの事は気にしなくていい。しかし……」

俺は、ダクネスをチラと見た。

「……ダクネスさん、着痩《きや》せするタイプなんですね……」

今日のダクネスはタイトな黒のスカートに黒のタンクトップと革《かわ》ブーツ。

そしてその格好で背に大剣を担《かつ》ぐ姿は、騎士《きし》と言うより剣士《けんし》にしか見えない。

先日のキャベツ狩りで、モンスターに袋叩《ふくろだた》きにされた際、着ていた鎧《よろい》が傷《いた》み、今は修理に出しているらしい。

俺は、薄着《うすぎ》のダクネスに思わず敬語になってしまっていた。

ダクネスは、締《し》まるべきところは締まり、それでいて全体的にむちっとした身体《からだ》。

端的《たんてき》に言えばエロい体付きってヤツだ。

しかも隣《となり》に立つめぐみんと比較《ひかく》され、尚更《なおさら》その体格と体付きが目立つ。

美人で身体も良いとなると、多少の性格の破綻《はたん》には目を瞑《つぶ》ってもいいとすら思えて来て
…………。

「……む、今、私の事を『エロい身体しやがってこのメス豚《ぶた》が！』と言ったか？」

「言ってねえ」

アクアとめぐみんの方もチラリと見て……。

……やはりいくら顔が良くても、性格が一番大事だと再認識《さいにんしき》する。

と、めぐみんが。

「おい、今私をチラ見した意味を聞こうじゃないか」

「意味は無いさ。ただ、俺にロリコン属性が無くて良かったと思っただけだ」

「紅魔族は売られた喧嘩《けんか》は買う種族です。よろしい、表に出ようじゃないですか」

めぐみんが俺の服の袖《そで》をグイグイ引っ張り、外に連れ出そうとするが、

「話を戻《もど》すがクエストを受けるなら、アクアのレベル上げができるものにしないか？」

ダクネスがそんな事を言ってきた。

「どういう事だ？　そんな都合のいいクエストなんてあるのか？」

というかアクアの場合、必要なスキルは初期ポイントでほとんど習得済みらしいから、あまりレベル上げにこだわる必要は無い気もするが。

「プリーストは一般的《いっぱん》にレベル上げが難しい。なにせプリーストには攻撃《こうげき》魔法なんてものが無いからな。戦士のように前に出て敵を倒《たお》すわけでもなく、魔法使いのように強力な魔法で殲滅《せんめつ》するわけでもない。そこで、プリースト達が好んで狩《か》るのがアンデッド族だ。アンデッドは不死という神の理《ことわり》に反したモンスター。彼らには、神の力が全《すべ》て逆に働く。回復魔法を受けると身体が崩《くず》れるのだ」

ああ、なんかそんな話を聞いた事がある。

大概のゲームでも常識に近い話だ。

回復魔法はアンデッドには攻撃魔法代わりになると。

しかしなあ。この駄女神を鍛《きた》えても……。

……と、俺は閃《ひらめ》いた。

俺は、自分のレベルが上がった際に色々なステータスが上がっていた。

じゃあ、アクアは？

この、テーブルの上で泣き真似《まね》しながら構って欲しそうにチラチラこっちを見ているバ

カのレベルが上がり、知力が上がってくれれば何よりの戦力アップだ。

「うん、悪くないな。問題はダクネスの鎧がまだ戻ってきてないことなんだが……」

するど、ダクネスは腕を組み、堂々と言ってのける。

「うむ、私なら問題ない。伊達《だて》に防御《ぼうぎょ》スキルに特化している訳ではない。鎧無しでもアダマンマイマイより硬《かた》い自信がある。それに、殴《なぐ》られた時、鎧無しの方が気持ち良いしな」

「……お前今殴られると気持ち良いって言ったか」

「……言ってない」

「言ったろ」

「言ってない。……後は、アクアにその気があるかだが……」

ダクネスが、未《いま》だ顔をテーブルに伏《ふ》せているアクアに視線を向ける。

「おい、いつまでもめそめそしてないで会話に参加しろよ、今、お前のレベルの事……」

俺はアクアに手を伸《の》ばし、肩《かた》を叩《たた》こうと……。

……して、気がついた。

「……すかー……」

アクアは泣き疲《つか》れて眠《ねむ》っていた。

子供かこの女神は。

7

街から外れた丘《おか》の上。

そこには、お金の無い人や身寄りの無い人がまとめて埋葬《まいそう》される共同墓地がある。

この世界の埋葬方法は土葬《どそう》。

そのまんま土に埋めるだけだ。

今回受けたクエストは、共同墓場に湧《わ》く、アンデッドモンスターの討伐《とうばつ》。

時刻はそろそろ夕方に差しかかろうとしている。

俺達は現在、墓場の近くで夜を待つべくキャンプをしていた。

「ちょっとカズマ、その肉は私が目をつけてたヤツよ！　ほら、こっちの野菜が焼けてるんだからこっち食べなさいよこっち！」

「俺、キャベツ狩《が》り以来どうも野菜が苦手なんだよ、焼いてる最中に飛んだり跳《は》ねたりしないか心配になるから」

墓場からちょっと離《はな》れた所で鉄板を敷《し》き、バーベキューをしながら夜を待つ。

モンスター討伐のクエストなのに随分《ずいぶん》とのんびりした話だが、今回引き受けたのはゾンビメーカーと呼ばれる雑魚《ざこ》モンスターの討伐。

ゾンビを操《あやつ》る悪霊《あくりょう》の一種で、自らは質のいい死体に乗り移り、手下代わりに数体のゾンビを操るそうな。

駆《か》け出しの冒険者パーティーでも倒せるモンスターだと言うので引き受けた訳だ。

これなら鎧の無いダクネスでもあまり危険はないだろう。

腹がいっぱいになった俺は、マグカップにコーヒーの粉を入れ、『クリエイト・ウォーター』という魔法で水を注ぎ、マグカップの下を『ティンダー』という火の魔法で炙《あぶ》る。

キャベツ狩りで仲良くなった魔法使いに教えてもらった初級魔法だ。

ティンダーは名前の通り着火に使う魔法で、殺傷能力はハッキリ言って無い。

でもライター代わりに重宝している。

そんな俺を見て、めぐみんが複雑そうな表情で自分のコップを差し出した。

「……すいません、私にもお水ください。って言うかカズマは、何気に私より魔法《まほう》を使いこなしてますね。初級魔法なんてほとんど誰も使わないものなのですが、カズマを見てるとなんか便利そうです」

俺はめぐみんのコップにクリエイト・ウォーターと唱えてやる。

「いや、元々そういった使い方するもんじゃないのか？　初級魔法って。あ、そうそう。『クリエイト・アース』！　……なあ、これって何に使う魔法なんだ？」

俺は手の平に出した粉状のサラサラした土をめぐみんに見せた。

初級魔法の中には色々な属性の魔法があるのだが、その内、この土属性の魔法だけ使い道が分からない。

「……えっと、その魔法で創《つく》った土は、畑などに使用すると良い作物が穫《と》れるそうです。……それだけです」

その説明を聞き、俺の隣でアクアが吹《ふ》き出した。

「何々、カズマさん畑作るんですか！　農家に転向ですか！　土も創れるしクリエイト・ウォーターで水も撒《ま》ける！　カズマさん、天職じゃないですかやだー！　プークスクス！」

俺は右手の手の平に載《の》った土をアクアに向け、左手を構えた。

「『ウインドブレス』！」

「ぶあああっ！　ぎゃー！　目、目があああっ！」

突風《とっぷう》で吹き飛ばされた土がアクアの顔面を直撃《ちょくげき》し、目に砂ぼこりが入った女神《めがみ》は地面を転がり回っている。

「違《ちが》います！　違いますよ、普通《ふつう》はそんな使い方しませんよ！　というか、なんで初級魔法を魔法使い以上に器用に使いこなしてるんですか！」

「……なるほど、こうやって使う魔法か」

8

月が昇《のぼ》り、時刻は深夜を回った頃《ころ》。

「……冷えてきたわね。ねえカズマ、引き受けたクエストってゾンビメーカー討伐よね？　私、そんな小物じゃなくて大物のアンデッドが出そうな予感がするんですけど」

アクアがそんな事をぽつりと言った。

「……おい、そういった事言うなよ、それがフラグになったらどうすんだ。今日はゾンビメーカーを一体討伐。そして取り巻きのゾンビもちゃんと土に還《かえ》してやる。そしてとっとと帰って馬小屋で寝《ね》る。計画以外のイレギュラーな事が起こったら即刻《そっこく》帰る。いいな？」

俺の言葉にパーティーメンバーがこくりと頷《うなず》く。

時刻もそろそろ頃合《ころあ》いだった。

クリスから教わった、敵感知スキルを持つ俺を先頭に、俺達は墓地へと歩いていく。

アクアが言った一言が気になるが、普段《ふだん》からこの女神はロクでも無い事ばかり口走っているし、あまり気に掛《か》ける事もないだろう。

……無いはずだ。

…………………ん？

「何だろう、ピリピリ感じる。敵感知に引っかかったな。いるぞ、一体、二体……三体、四体……？」

……あれ、多いな？

ゾンビメーカーって、取り巻きのゾンビはせいぜい二、三体って聞いてたんだが。

この程度ならまあ、誤差の範囲《はんい》……。

そんな事を考えていると、墓場の中央で青白い光が走る。

……何だ？

それは、妖《あや》しくも幻想《げんそう》的な青い光。

遠くに見えるその青い光は、大きな円形の魔法陣《まほうじん》。

その魔法陣の隣《となり》には、黒いローブの人影《ひとかげ》が見えた。

「……あれ？　ゾンビメーカー……ではない……気が……するのですが……」

めぐみんが自信無げに呟《つぶや》いた。

その黒いローブの周りには、ユラユラと蠢《うごめ》く人影が数体見える。

「突《つ》っ込むか？　ゾンビメーカーじゃなかったとしても、こんな時間に墓場にいる以上、アンデッドに違いないだろう。なら、アークプリーストのアクアがいれば問題無い」

ダクネスが大剣《たいけん》を胸に抱《かか》えたままソワソワしている。

お前は落ち着け。

その時、アクアがとんでもない行動に出た。

「あ――――っ!!」

突如《とつじょ》叫《さけ》んだアクアは、何を思ったのか立ち上がり、そのままローブの人影に向かって走り出す。

「ちょっ！　おい待て！」

俺の制止も聞かずに飛び出していったアクアは、ローブの人影に駆け寄ると、ビシッと人影を指差した。

「リッチーがノコノコこんなとこに現れるとは不届きなっ！　成敗してやるっ！」

リッチー。

それは、メジャーアンデッドモンスター、ヴァンパイアと並ぶ、アンデッドの最高峰《さいこうほう》。魔法を極《きわ》めた大魔法使《だいまほうつか》いが、魔道の奥義《おうぎ》により人の身体《からだ》を捨て去った、ノーライフキングと呼ばれるアンデッドの王。

強い未練や恨《うら》みで自然にアンデッドになってしまったモンスターとは違い、自らの意思で自然の摂理《せつり》を捻《ね》じ曲げて、神の敵対者になった存在。

その、ラスボスみたいな超《ちょう》大物のモンスターが……。

「や、やめやめ、やめてえええええ！　誰《だれ》なの!?　いきなり現れて、なぜ私の魔法陣を壊《こわ》そうとするの!?　やめて！　やめてください！」

「うっさい、黙《だま》りなさいアンデッド！　どうせこの妖しげな魔法陣でロクでもない事企《たくら》んでるんでしょ、なによ、こんな物！　こんな物!!」

超大物モンスターが、ぐりぐりと魔法陣を踏《ふ》みにじるアクアの腰《こし》に、泣きながらしがみつき、くい止めていた。

リッチー？　の取り巻きのアンデッド達は、そんな揉《も》み合う二人を止めるでもなくボーッと眺《なが》めている。

……えーっと、どうしよう。

とりあえず、ゾンビメーカーではなさそうだが。

アクアは絡《から》んでいる相手をリッチーだとか言い張っているが、何だかリッチーが、チンピラに因縁《いんねん》をつけられてるイジメられっ子にしか見えない。

「やめてー！　やめてー!!　この魔法陣は、未《いま》だ成仏《じょうぶつ》できない迷える魂《たましい》達を、天に還してあげるための物です！　ほら、たくさんの魂達が魔法陣から空に昇って行くでしょう!?」

リッチーの言う通り、どこから集まってきたのか、青白い人魂《ひとだま》の様な物がふよふよと魔法陣に入ると、そのまま魔法陣の青い光と共に、天へと吸い込まれていく。

「リッチーのくせに生意気よ！　そんな善行はアークプリーストのこの私がやるから、あんたは引っ込んでなさい！　見てなさい、そんなちんたらやってないで、この共同墓地ごとまとめて浄化《じょうか》してあげるわ！」

「ええっ!?　ちょ、やめっ!?」

アクアの宣言に、慌《あわ》てるリッチー。

それに構いもせず、アクアは手を広げ、大声で叫《さけ》ぶ。

「『ターンアンデッド』ー！」

墓場全体が、アクアを中心に白い光に包まれた。

アクアから湧《わ》き出すように溢《あふ》れるその光は、リッチーの取り巻きのゾンビ達に触《ふ》れるや

いなや、ゾンビ達が掻《か》き消える様にその存在を消失させる。

リッチーの作った魔法陣の上に集まっていた人魂も、アクアの放った光を浴びていなくなった。

その光はもちろんリッチーにも及《およ》び……。

「きゃー！　か、身体が消えるっ⁉　止《や》めて止めて、私の身体が無くなっちゃう‼　成仏しちゃうっ！」

「あはははは、愚《おろ》かなるリッチーよ！　自然の摂理に反する存在、神の意に背《そむ》くアンデッドよ！　さあ、私の力で欠片《かけら》も残さず消滅《しょうめつ》するがいいわっ！」

「おい、やめてやれ」

アクアの背後に立っていた俺は、後頭部を剣の柄《つか》でごすっと小突《こづ》いた。

「ッ⁉　い、痛、痛いじゃないの！　あんた何してくれてんのよいきなり！」

後頭部を強打され集中が途切《とぎ》れたのか、白い光を放つのをやめ、頭を押さえながら涙《なみだ》目《め》で俺に食ってかかる。

ダクネスとめぐみんもやってきたところで、俺は摑《つか》みかかるアクアを無視し、震《ふる》えながらうずくまるリッチーに声をかけた。

「お、おい大丈夫《だいじょうぶ》か？　えっと、リッチー……でいいのか？　あんた」

見ると、リッチーの足元は半透明《はんとうめい》になっていて、軽く消えかかっている。

やがて徐々《じょじょ》に、半透明になっていた足がくっきり見えるまで戻《もど》り、涙目のリッチーはフラフラしながらも立ち上がった。

「だ、だ、大丈夫です……。あ、危ないところを助けて頂き、ありがとうございました……っ！　えっと、おっしゃる通り、リッチーです。リッチーのウィズと申します」

言って目深《まぶか》に被《かぶ》っていたフードを上げると、現れたのは月明かりに照らされた二十歳《はたち》くらいの人間にしか見えない、茶色い髪《かみ》の美女だった。

リッチーってからには骸骨《がいこつ》みたいなのを想像してたんだが。

ウィズは黒いローブに身を包み、さながら悪の魔法使いといった格好だ。

いや、リッチーなら悪の魔法使いでいいのか？

「えっと……。ウィズ？　あんた、こんな墓場で何してるんだ？　魂を天に還すとか言ってたけど、アクアじゃないが、リッチーのあんたがやる事じゃないんじゃないのか？」

「ちょっとカズマ！　こんな腐《くさ》ったみかんみたいなのと喋《しゃべ》ったら、あなたまでアンデッドが移るわよ！　ちょっとそいつに、ターンアンデッドをかけさせなさい！」

俺の言葉にアクアがいきり立ち、ウィズに魔法《まほう》をかけようとする。

ウィズが俺の背後に隠《かく》れ、怯《おび》えた様な困った様な顔をしながら、

「そ、その……。私は見ての通りのリッチー、ノーライフキングなんてやってます。アンデッドの王なんて呼ばれてるくらいですから、私には迷える魂達の話が聞けるんです。この共同墓地の魂の多くはお金が無いためロクに葬式《そうしき》すらしてもらえず、天に還る事なく毎晩墓場を彷徨《さまよ》っています。それで、一応はアンデッドの王な私としては、定期的にここを訪れ、天に還りたがっている子達を送ってあげているんです」

……ほろりときた。

いい人だ。

恐《おそ》らく、店の店員とかを除き、俺がこの世界に来て初めて出会ったまともな人だ。

いや、人間ではないのだが。

「それは立派な事だし善い行いだとは思うんだが……。アクアじゃないが、そんな事はこの街のプリーストとかに任せておけばいいんじゃないか?」

俺の疑問に、ウィズが言いにくそうに憮然《ぶぜん》としたアクアをチラチラと気にしながら。

「そ、その……。この街のプリーストさん達は、拝金主義……いえその、お金が無い人達は後回し……と言いますか、その……、あの……」

アークプリーストのアクアがいるので言いにくいのだろう。

「つまり、この街のプリーストは金儲《かねもう》け優先の奴《やつ》がほとんどで、こんな金の無い連中が埋《まい》

葬《そう》されてる共同墓地なんて、供養《くよう》どころか寄りつきもしないって事か？」

「え……、えと、そ、そうです……」

その場にいる全員の無言の視線がアクアに集まる中、当の本人はばつが悪そうにそっと目を逸《そ》らす。

「それならまあしょうがない。でも、ゾンビを呼び起こすのはどうにかならないか？　俺達がここに来たのって、ゾンビメーカーを討伐《とうばつ》してくれってクエストを受けたからなんだが」

俺の言葉に、ウィズは困った表情を浮《う》かべ。

「あ……そうでしたか……。その、呼び起こしている訳じゃなく、私がここに来ると、まだ形が残っている死体は私の魔力《まりょく》に反応して勝手に目覚めちゃうんです。……その、私としてはこの墓場に埋葬される人達が、迷わず天に還ってくれれば、ここに来る理由も無くなるんですが……。…………えっと、どうしましょうか？」

9

墓場からの帰り道。

「しょうがないだろ。つか、あんな良い人討伐する気にはなれないだろうに」

「納得《なっとく》いかないわ!」

アクアはまだ怒《おこ》っていた。

時刻は、すでに空が白みがかってくる時間帯だ。

俺達は、あのリッチーを見逃《みのが》す事に決めた。

そして、これからは毎日暇《ひま》を持て余《あま》しているアクアが、定期的にあの墓場に浄化しに行くという事で折り合いがついた。

そこは腐っても女神《めがみ》、アンデッドや迷える魂の浄化は自分の仕事だと理解しているらしい。

睡眠時間《すいみんじかん》が減るとか駄々《だだ》をこねていたが。

モンスターを見逃すという事に若干抵抗《じゃっかんていこう》があっためぐみんとダクネスも、ウィズが今までに人を襲《おそ》った事がないと知り、ウィズを見逃す事に同意してくれた。

俺は、ウィズに渡《わた》された一枚の紙切れを眺めながら呟く。

「しかし、リッチーが街で普通《ふつう》に生活してるとか、この街の警備はどうなってんだ」

それは、ウィズの住んでいる住所が書かれた紙。

あのリッチーは俺達が住む街で普通に生活しているらしい。

しかも小さなマジックアイテムの店を営んでいるそうな。

リッチーってダンジョンの奥深くにいるイメージがあったんだがと言ったら、生活が不便なダンジョンに、わざわざ住む必要性がありませんよと言われた。

いや、リッチーだって元は人間なのだから言ってる意味は分かる。

分かるんだが、この世界に来てから俺の持っていた異世界観がどんどん破壊《はかい》されていってる。

こんなの、俺が期待してた異世界じゃない。

「でも、穏便《おんびん》に済んで良かったです。いくらアクアがいると言っても、相手はリッチー。もし戦闘《せんとう》になってたら私やカズマは間違《まちが》いなく死んでいましたよ」

何気なく言うめぐみんの言葉にぎょっとする。

「げ、リッチーってそんなに危険なモンスターなのか？　ひょっとしてヤバかった？」

「ヤバいなんてものじゃないです。リッチーは強力な魔法防御《ぼうぎょ》、そして魔法の掛《か》かった武器以外の攻撃《こうげき》の無効化。相手に触れるだけで様々な状態異常を引き起こし、その魔力や生命力を吸収する伝説級のアンデッドモンスター。むしろ、なぜあんな大物にアクアのターンアンデッドが効いたのかが不思議でならないです」

軽く失禁しそうになる。

そうだよな、アンデッドモンスターの元締《もとじ》めみたいなもんだしな。

リッチーのスキルを教えてくれるって言われたから喜んで名刺《めいし》を貰《もら》ったのだが……、スキルを習いに行く時は必ずアクアを連れて行こう。

「カズマ、その貰った名刺、渡しなさいよ。ちょっとあの女より先に家に行って、家の周りに神聖な結界張って涙目にしてくるから」

「や、やめてやれよ……」

やっぱりアクアは連れて行かない方がいいかもな……。

俺がそんな事を考えていると、ダクネスがぽつりと言った。

「そういえば、ゾンビメーカー討伐のクエストはどうなるのだ？」

「「「あっ」」」

クエスト失敗。

第三章 この湖に自称女神の一番絞りを！

1

「知ってるか？　なんでも魔王《まおう》軍の幹部の一人が、この街からちょっと登った丘《おか》にある、古い城を乗っ取ったらしいぜ」

ギルドに併設《へいせつ》された酒場の一角。

俺は昼間から酒を飲んで駄弁《だべ》っている、相席している男の話を聞いていた。

俺はと言えば酒ではなく、男と向かい合いながらネロイドのシャワシャワを飲んでいる。

ネロイドとは何か。

シャワシャワとは何なのか。

酒をあまり飲まない人達がよくコレを飲んでいるので、俺も興味本位で飲んでみたのだ

が……。

美味《うま》いのかと言われたらこう答えるしかない。

……うん、分からん。

だが、シャワシャワの意味は分かった。

飲んだ後シャワシャワする。

だが炭酸ではない。自分でも、シャワシャワするの意味が分からないのだが、これはシャワシャワとしか表現できない。

俺はネロイドを飲み干しテーブルに置き……。

「魔王の幹部ねぇ。物騒《ぶっそう》な話だけど、俺達には縁《えん》の無い話だよな」

「違《ちげ》えねえ」

目の前の男が、俺のやる気無い無責任な言葉に笑いながら同意した。

冒険者《ぼうけんしゃ》ギルドで駄弁っている連中は意外に多く、面白《おもしろ》い話が色々聞ける。

どこそこで危険なモンスターを見かけたから、暫《しばら》くはあの辺りでのクエストは受けない方がいいとか。

あのモンスターは、柑橘《かんきつ》系の果物の汁《しる》を身体《からだ》に付けておくと匂《にお》いを嫌《きら》って寄ってこないだとか。

と言うか、この世界に来てからは生きていくのに精一杯《せいいっぱい》で、こういった情報収集はした事が無かった。

情報収集はゲームにおいて最も大事なフラグ回収作業だ。

酒場での、こういった会議はいかにも冒険者っぽくて心地《ここち》よい。

向かいの冒険者の男が言った。

「ま、何にせよ。街の北の外れにある廃城《はいじょう》には近づかない方がいい。王国の首都でもないこんな所に、何で魔王の大幹部様がやって来たのかは知らないがね。幹部ってからには、オーガロードやヴァンパイア。はたまた、アークデーモンかドラゴンか。いずれにしても、俺達が会ったら瞬殺《しゅんさつ》される様な化け物が住んでるのは間違いない。廃城近くでのクエストは、しばらく避《さ》けた方が無難だな」

男に礼を言って席を立ち、俺は自分達のパーティーのテーブルへと向かうと……。

「……どうした？　俺を、そんな変な目で見て」

アクアとダクネスとめぐみんが、テーブルの真ん中に置いた、コップにさした野菜スティックをぽりぽりかじり、俺を見ていた。

「別に──？　カズマが、他《ほか》のパーティーに入ったりしないか心配なんてしてないし」

アクアが、言いながら、ちょっとだけ不安そうな目でチラチラ見てくる。

「……？　いや、情報収集は冒険の基本だろうが」

俺は三人のいるテーブル席に座り、俺も一本貰おうと、野菜スティックに手を伸《の》ばす。

クイッ。

野菜スティックが俺の伸ばした手から逃《のが》れるように、ひょいと身をかわした。

……おい。

「何やってんのよカズマ」

アクアがテーブルをバンと叩《たた》くと、野菜スティックがビクリと跳《は》ねる。

一瞬《いっしゅん》動かなくなった野菜スティックを、アクアが一本つまんで口に運ぶ。

「……むう。楽しそうですね。楽しそうでしたねカズマ。他のパーティーのメンバーと、随分《ずいぶん》親しげでしたね？」

めぐみんが、拳《こぶし》を握《にぎ》ってテーブルをドンと叩き、怯《ひる》ませた野菜スティックをつまみ、口に運んだ。

「……何だこの新感覚は？　カズマが他所《よそ》のパーティーで仲良くやっている姿を見ると、胸がもやもやする反面、何か、新たな快感が……。もしや、これが噂《うわさ》の寝取《ねと》られ……？」

おかしな事を口走るどうしようもない変態が、コップのフチをピンと指で弾《はじ》き、そのまま野菜スティックを指で摘《つ》まむ。

「なんだ、どうしたお前ら。こういった場所での情報収集は基本だろうが……？」

言いながら俺はバンとテーブルを叩くと、野菜スティックに手を……。

ヒョイッ。

「…………だああああらっしゃああああああああ！」

「や、やめてええ！　私の野菜スティックに何すんの！　た、食べ物を粗末《そまつ》にするのはいくない！」

俺は野菜スティックを摑《つか》み損《そこ》ねた手で、今度はスティックが入ったコップごと摑むと、それを壁《かべ》に叩きつけようと振《ふ》りかぶるが、半泣きのアクアに手を摑まれる。

「野菜スティックごときに舐《な》められてたまるか！　てゆーか今更《いまさら》突《つ》っ込むのもなんだが、何で野菜が逃《に》げるんだよ。ちゃんと仕留めたやつを出せよ」

「なに言ってんの。お魚も野菜も、何だって新鮮《しんせん》な方が美味《おい》しいでしょ？　活《い》き作りって知らないの？」

こんな活き作りがあってたまるか。

俺は野菜スティックを食うのは諦《あきら》め。

「はあ……。まあ、野菜は今はどうでもいい。それよりお前らに聞きたい事があるんだよ。レベルが上がったら、次はどんなスキルを覚えようかと思ってな。ハッキリ言ってバランスが悪すぎるからなこのパーティーは。自由の利《き》く俺が穴を埋《う》める感じで行きたいんだが……。そういや、お前らのスキルってどんな感じなんだ？」

そう、効率よくクエストをこなしていくなら、パーティーメンバーとの相性《あいしょう》を考えたスキルを覚えていく方がいい。

そう思って相談を持ちかけた訳だが。

「私は《物理耐性《たいせい》》と《魔法《まほう》耐性》、各種《状態異常耐性》で占《し》めてるな。後はデコイという、囮《おとり》になるスキルぐらいだ」

「……《両手剣《けん》》とか覚えて、武器の命中率を上げる気はないのか？」

「無い。私は言っては何だが、体力と筋力はある。攻撃が簡単に当たる様になってしまっては、無傷でモンスターを倒《たお》せる様になってしまう。かといって、手加減してわざと攻撃《こうげき》を受けるのは違うのだ。こう……、必死に剣を振るうが当たらず、力及《およ》ばず圧倒《あっとう》されてしまうというのが気持ちいい」

「もういい、お前は黙《だま》ってろ」

「……ん……っ！　自分から聞いておいてこの仕打ち……」

頬《ほお》を赤らめ、ハアハア言っているダクネスは放置する。

めぐみんを見ると、小首を傾《かし》げて口を開いた。

「私はもちろん爆裂《ばくれつ》系スキルです。爆裂魔法に爆発系魔法威力上昇《いりょくじょうしょう》、高速詠唱《えいしょう》など。最高の爆裂魔法を放つためのスキル振《ぶ》りです。これまでも。もちろん、これからも」

「……どう間違《まちが》っても、中級魔法スキルとかは取る気はないのか？」

「無いです」

こいつも駄目《だめ》だ……。

「えっと、私は……」

「お前はいい」

「ええっ⁉」

自分のスキルを言おうとしたアクアを黙らせる。

宴会芸《えんかいげい》とか宴会芸とかそんなんだろう。

しかし……。

「何でこう、まとまりが無いんだよこのパーティーは……。本当に移籍《いせき》を……」

「「「⁉」」」

俺の小さな呟《つぶや》きに、三人がビクリとした。

2

例の、緊急《きんきゅう》のキャベツ狩《が》りクエストから数日が経過した。

あの時収穫《しゅうかく》したキャベツが軒並《のきな》み売りに出され。

そして、冒険者達にはその報酬《ほうしゅう》が支払《しはら》われたのだが。

「カズマ、見てくれ。報酬が良かったから、修理を頼《たの》んでいた鎧《よろい》を少し強化してみた。……どう思う？」

報酬を受け取ろうとする冒険者達によって酷《ひど》い混雑のギルド内で、ダクネスが嬉々《きき》として修理から返ってきた鎧を見せつけてきた。

それは一言で言うと…………、

「なんか、成金趣味《しゅみ》の貴族のボンボンが着けてる鎧みたい」

「……カズマはどんな時でも容赦《ようしゃ》ないな。私だって素直《すなお》に褒《ほ》めて貰《もら》いたい時もあるのだが」

ダクネスが、珍《めずら》しくちょっとへこんだ顔で言ってくる。

知らんよそんなもん。

そんな事より。

「今はお前より酷いのがいるから、構ってやれる余裕《よゆう》はないぞ。お前を超《こ》えそうな勢いのそこの変態を何とかしろよ」

「ハア……ハア……。た、たまらない、たまらないです！　魔力溢《まりょくあふ》れるマナタイト製の杖《つえ》のこの色艶《いろつや》……。ハア……ハア……ッ！」

めぐみんが、新調した杖を抱《だ》きかかえ頬ずりしていた。

マナタイトとかいう希少金属は、杖に混ぜると魔法の威力《いりょく》が向上する性質を持っているらしい。

高額な報酬で杖を強化し、めぐみんは朝からずっとこの調子だ。

何でも、爆裂魔法の威力がこれで何割か増すらしい。

ただでさえオーバーキル気味な爆裂魔法をこれ以上強化してどうするのか、そんな事よりもっと他に習得すべき便利な魔法があるんじゃないのか？　とか、言いたい事は色々あるが、今のめぐみんにはあまり関《かか》わりたくないので放《ほう》っておく。

俺もすでに換金《かんきん》が終わってホクホクだ。

キャベツを追うモンスターを引きつけたダクネス。

それをまとめて粉砕《ふんさい》しためぐみん。

そんな、皆《みな》の活躍《かつやく》を他所に、一人マイペースにキャベツを追いかけていたアクア。

キャベツ狩りで得た報酬は、均等に分けるのではなく、それぞれ自分で捕《つか》まえた分をそのまま報酬にしようという事になった。

それは、俺に次ぐ収穫量だったアクアが言い出した事だ。

そして今。その言い出しっぺの換金を待っているのだが……。

「なんですってえええええ!? ちょっとあんたどういう事よっ！」

ギルドに響《ひび》き渡《わた》るアクアの声。

ああ……。嫌だなあ……。

ギルドの受付カウンターでは、案の定アクアが揉《も》めていた。

ギルドの受付のお姉さんの胸《むな》ぐらを掴み、何やらいちゃもんつけている。

「何で五万ぽっちなのよ！　どれだけキャベツ捕まえたと思ってんの!? 十や二十じゃないはずよ！」

「そ、それが、申し上げ難《にく》いのですが……」

「何よ！」

「……アクアさんの捕まえてきたのは、殆《ほとん》どがレタスで……」

「…………なんでレタスが交じってるのよー！」

「わ、私に言われましてもっ！」

会話のやり取りを聞くに、どうも報酬額が納得《なっとく》いくものではなかったらしい。

これ以上受付に言っても無駄《むだ》だと踏《ふ》んだのか、アクアが後ろに手を組み、にこやかな笑顔《えがお》で俺に近づいてきた。

「カーズマさん！　今回のクエストの、報酬はおいくら万円？」

「百万ちょい」

「「ひゃっ!?」」

アクアとダクネス、めぐみんが絶句する。

そう、俺は降って湧《わ》いた突発《とっぱつ》クエストで、いきなり小金持ちになりました。

俺の収穫した物は、質の良い、たくさんの経験値が詰《つ》まったキャベツが多かったそうだ。

これも幸運度の差というやつか。

「カズマ様ー！　前から思ってたんだけれど、あなたってその、そこはかとなく良い感じよね！」

「特に褒める所が思い浮《う》かばないなら無理すんな。言っとくが、この金はもう使い道決めてるからな、分けんぞ」

先手を打った俺の言葉にアクアの笑顔が凍《こお》りついた。

「カズマさあああああああん！　私、クエスト報酬が相当な額になるって踏んで、この数

日で、持ってたお金、全部使っちゃったんですけど！　ていうか、大金入ってくるって見込んで、ここの酒場に十万近いツケまであるんですけど!!　今回の報酬じゃ、足りないんですけど！」

半泣きですがりついてくるアクアを引き剥《は》がし、何でこいつは後先考えないんだろうと、痛むこめかみを指で押さえた。

「知るか、そもそも今回の報酬は『それぞれが手に入れた報酬をそのままに』って言い出したのはお前だろ。と言うか、いい加減拠点《きょてん》を手に入れたいんだよ。いつまでも馬小屋暮らしじゃ落ち着かないだろ？」

通常、冒険者《ぼうけん》は家を持たない。

冒険者は安定を求めず、あちこちを飛び回る事が多いからだ。

まあ成功する冒険者など一握《ひとにぎ》りで、ほとんどの冒険者は、その日暮らしが多く金が無いというのも理由の一つだが。

ぶっちゃけ、俺はこのメンツでの魔王討伐《まおうとうばつ》なんて無理だと諦めかけてる。

魔王軍と戦う仕事は、先にここに送り込まれた、強力な能力だの装備だのを貰った連中がやればいい。

なんせ、俺は誰《だれ》にでもなれる初期職業、最弱職の冒険者だ。

しかも、子供の頃《ころ》から冒険者を目指し鍛《きた》えていた様な連中に比べればステータスだって劣《おと》る、本当にどこにでもいる一般人《いっぱんじん》だ。

適度に安全に、好奇心《こうきしん》を満足させられる程度に冒険ができて、後はのんびりと暮らしていければそれでいい。

なので、ここらで一つ賃貸《ちんたい》、もしくは安ければ、小さな小屋みたいな物件でも手に入らないかなと思った次第《しだい》だ。

アクアがいよいよ泣きそうな顔ですがりつく。

「そんなあああああ！　カズマ、お願いよ、お金貸して！　ツケ払《はら》う分だけでいいからぁ！　そりゃあカズマも男の子だし、馬小屋でたまに夜中ゴソゴソしてるの知ってるから、早くプライベートな空間が欲しいのは分かるけど！　五万！　五万でいいの！　お願いよおおおおお！」

「よし分かった、五万でも十万でもお安いもんだ！　分かったから黙ろうか!!」

3

「カズマ、早速討伐《さっそくとうばつ》に行きましょう！　それも、沢山《たくさん》の雑魚《ざこ》モンスターがいるヤツです！

新調した杖の威力を試《ため》すのです！」

突然《とつぜん》、めぐみんがそんな事を言い出した。

ふむ。

「まあ俺も、ゾンビメーカー討伐じゃ、結局覚えたてのスキルを試す暇《ひま》もなかったしな。安全で無難なクエストでもこなしにいくか」

「いいえ、お金になるクエストをやりましょう！　ツケを払ったから今日のご飯代も無いの！」

「いや、ここは強敵を狙《ねら》うべきだ！　一撃《いちげき》が重くて気持ちいい、凄《すご》く強いモンスターを……！」

まとまりが無いにも程《ほど》があるだろう。

「とりあえず、掲示板《けいじばん》の依頼《いらい》を見てから決めようぜ」

俺の意見に、全員がゾロゾロと掲示板に移動する。

そして……。

「……あれ？　何だこれ、依頼が殆ど無いじゃないか」

そう、普段《ふだん》は所狭《ところせま》しと大量に貼《は》られている依頼の紙。

それが、今は数枚しか貼られていない。

しかも……。

「カズマ！　これだ、これにしようではないか！　山に出没《しゅつぼつ》するブラックファングと呼ばれる巨大熊《きょだいぐま》を……」

「却下《きゃっか》だ却下！　おい、何だよこれ！　高難易度のクエストしか残ってないぞ！」

そう、残されているのはどれもが、今の俺達には手に余るものばかり。

そんな俺達のもとに、ギルド職員がやって来た。

「ええと……申し訳ありません。最近、魔王の幹部らしき者が、街の近くの小城に住み着きまして……。その魔王の幹部の影響《えいきょう》か、この近辺の弱いモンスターは隠《かく》れてしまい、仕事が激減しております。来月には、国の首都から幹部討伐のための騎士《きし》団が派遣《はけん》されるので、それまでは、そこに残っている高難易度のお仕事しか……」

「な、なんでよおおおおっ!?」

申し訳無さそうな職員の言葉に、文無しのアクアが悲鳴を上げた。

……コレばっかりは流石《さすが》にアクアに同情した。

「全く……！　何でこのタイミングで引っ越して来るのよ！　幹部だか何だか知らないけ

ど、もしアンデッドなら見てなさいよ！」

アクアが涙目《なみだめ》で愚痴《ぐち》りながら、バイト雑誌をめくっていた。

他《ほか》の冒険者達もみんな思いは同じなようで、やってられないとばかりに普段より多くの人間が、昼間から飲んだくれている。

魔王の幹部は、一体何の目的でこんな所に来たのやら。

ハッキリ言って、この街の冒険者達の実力は俺達とそれ程変わらない。

俺達より強い冒険者パーティーはもちろんたくさんあるだろうが、それにしたってたかが知れている。

ここは、駆《か》け出し冒険者が最初に訪《おとず》れる、初心者のための修行《しゅぎょう》の街。

魔王の幹部なんて、ゲームで言えばラストの方で出てくるものだ。

カエル相手に苦戦する俺達が、どれだけ集まっても勝負にすらならないだろう。

4

「つまり、国の首都から腕利《うでき》きの冒険者や騎士達がここに来る来月までは、まともな仕事

ができないって事か」

「そういう事です。……となると、クエストの無い間はしばらく私に付き合って貰《もら》う事になりそうですが……」

俺はめぐみんと共に、街の外へと出ていた。

現在、街の近くには危険なモンスターはいない。

魔王の幹部の出現により、弱いモンスターは怯《おび》えて身を隠しているから。

俺は、クエストが請《う》けられない事で爆裂魔法《ばくれつまほう》が撃《う》てず、悶々《もんもん》としているめぐみんに付き合い、散歩していた。

こいつは、一日に一度、必ず爆裂魔法を放つ事を日課にしているらしい。

ひょっとして、俺はこれから毎日、来月までずっとこれに付き合わされるのだろうか？

めぐみんに一人で行けと突《つ》き放したら、帰りは一体誰がおぶって連れ帰ってくれるんですかと開き直られたのだが。

「もうその辺でいいだろ。適当に魔法撃《う》って帰ろうぜ」

街からちょっと出た所で、俺はめぐみんに魔法を放つよう促《うなが》した。

だがめぐみんが首を振《ふ》る。

「駄目《だめ》なのです。街から離《はな》れた所じゃないと、また守衛さんに叱《しか》られます」

「今お前、またって言ったな。音がうるさいとか迷惑《めいわく》だって怒《おこ》られたのか」

俺の言葉にめぐみんがコクリと頷《うなず》く。

しょうがない、丸腰《まるごし》でちょっと不安だが、どうせモンスターはいないのだ。

たまには遠出してみる事にした。


思えば、この世界に来てから、こうして外をぶらぶらする事はあまり無かった。

出歩くとしても、それはモンスター討伐のクエスト絡《がら》み。

こうして、のどかに散歩するなんて事は……。

「……？　あれは何でしょうか。廃城《はいじょう》？」

遠く離れた丘《おか》の上。

そこに、ぽつんと佇《たたず》む、朽《く》ち果てた古い城。

それは、まるでお化け屋敷《やしき》みたいな……。

「薄気味悪《うすきみわる》いなあ……。お化けでも住んでそうな……」

俺の呟《つぶや》きに、

「アレにしましょう！　あの廃城なら、盛大に破壊《はかい》しても誰も文句は言わないでしょう」

そう言って、ウキウキと魔法の準備を始めるめぐみん。

心地《ここち》よい風が吹《ふ》く丘の上。

のどかな雰囲気《ふんいき》には場違《ばちが》いな、爆裂魔法の詠唱《えいしょう》が風に乗った……！


…………こうして、俺とめぐみんの新しい日課が始まった。

文無しのアクアは、毎日アルバイトに励《はげ》んでいる。

ダクネスは、しばらくは実家で筋トレしてくると言っていた。

特にやる事のないめぐみんは、その廃城の傍《そば》へと毎日通い、爆裂魔法を放ち続けた。

それは、寒い氷雨《ひさめ》が降る夕方。

それは、穏《おだ》やかな食後の昼下がり。

それは、早朝の爽《さわ》やかな散歩のついでに。

どんな時でもめぐみんは、毎日その廃城に魔法を放ち……。

めぐみんの傍で魔法を見続けていた俺は、その日の爆裂魔法の出来が分かるまでになっていた。

「『エクスプロージョン』ッッッ！」

「おっ、今日のは良い感じだな。爆裂の衝撃波《しょうげきは》が、ズンと骨身に浸透《しんとう》するかの如《ごと》く響《ひび》き、

それでいて肌《はだ》を撫《な》でるかのように空気の振動《しんどう》が遅《おく》れてくる。相変わらず、不思議とあの廃城は無事な様だが、それでも。ナイス爆裂！」

「ナイス爆裂！　ふふっ、カズマも爆裂道が段々分かって来ましたね。今日の評価はなかなかに的を射ていて詩人でしたよ。……どうです？　カズマも、冗談《じようだん》ではなく、いっそ本当に爆裂魔法を覚える事を考えてみては」

「うーん、爆裂道も面白《おもしろ》そうだがなぁ、今のパーティー編制だと魔法使《まほうつか》いが二人ってのもな。でも冒険《ぼうけん》者稼業《かぎよう》を引退する際には、余裕《よゆう》があったら最後に爆裂魔法を習得してみるのも面白そうだな」

俺とめぐみんは、そんな事を言いながら笑い合う。

今日の爆裂魔法の音は何点だった、いや、音量は小さかったが音色が良かった等、そんな事を語りながら。

5

日課の爆裂散歩を続け、一週間が経《た》った、その日の朝。

『緊急《きんきゆう》！　緊急！　全冒険者の皆《みな》さんは、直ちに武装し、戦闘《せんとう》態勢で街の正門に集まっ

てくださいっっ！』」

街中に、お馴染《なじ》みの緊急アナウンスが響き渡《わた》った。

そのアナウンスを聞いて、俺達もしっかりと装備を調《ととの》え、現場へ向かう。

街の正門前に多くの冒険者が集まる中、そこに着いた俺達は、凄《すさ》まじい威圧感《いあっかん》を放つそのモンスターの前に、呆然《ぼうぜん》と立ち尽《つ》くした。


デュラハン。


それは人に死の宣告を行い、絶望を与《あた》える首無し騎士。

アンデッドとなり、生前を凌駕《りょうが》する肉体と特殊《とくしゅ》能力を手に入れたモンスター。

正門前に立つ漆黒《しっこく》の鎧《よろい》を着た騎士は、左脇《わき》に己《おのれ》の首を抱《かか》え、街中の冒険者達が見守る中、フルフェイスの兜《かぶと》で覆《おお》われた自分の首を目の前に差し出した。

差し出された首から、くぐもった声が放たれる。

「……俺は、つい先日、この近くの城に越《こ》してきた魔王《まおう》軍の幹部の者だが……」

やがて、首がプルプルと小刻みに震《ふる》え出し…………！

「まままま、毎日毎日毎日っっ!! おお、俺の城に、毎日欠かさず爆裂魔法撃《う》ち込んでく頭のおかしい大馬鹿《おおばか》は、誰《だれ》だああああああー!!」

魔王の幹部は、それはもうお怒《いか》りだった。

ずっと何かに耐《た》えていたが、とうとう我慢《がまん》できずに切れてしまったというようなデュラハンの叫《さけ》びに、俺の周りの冒険者達がざわついた。

というか、その場のだれもが、一体何が起こっているのかの理解が追いついていない。

とりあえず、俺達が急に呼び出されたのは、目の前にいる怒り狂《くる》ったデュラハンが原因のようだった。

「……爆裂魔法?」

「爆裂魔法を使える奴《やつ》って言ったら……」

「爆裂魔法って言ったら……」

俺の隣《となり》に立つめぐみんへ、自然と周りの視線が集まった。

……周囲の視線を寄せられためぐみんは、フイッと自分の隣にいた魔法使いの女の子を見る。

それに釣《つ》られて俺もその子を見ると、周りのみんなも同じく釣られ、その子に視線を……。

「ええっ⁉　あ、あたしっ⁉　なんであたしが見られてんのっ⁉　爆裂魔法なんて使えないよっ！」

突然《とつぜん》濡《ぬ》れ衣《ぎぬ》をなすりつけられ、慌《あわ》てる魔法使いの女の子。

……って、もしかして。……毎日魔法ぶっ放してたあの廃城！

あれは……。

俺は隣をチラッと見ると、めぐみんが冷や汗《あせ》を垂らしていた。

どうやらこいつも気づいたようだ。

やがてめぐみんがため息を吐《つ》き、嫌《いや》そうな顔で前に出た。

それに伴《ともな》い、冒険者達がデュラハンへの道を空けてくれる。

街の正門の前に佇むデュラハン。

そのデュラハンから十メートルほど離れた場所にめぐみんが対峙《たいじ》した。

俺をはじめ、ダクネスやアクアもめぐみんの後につき従う。

アンデッドを見つけると、まるで親の敵《かたき》のように襲《おそ》いかかったアクアも、これほどまでに怒り狂うデュラハンは珍《めずら》しいのか、興味津々《きょうみしんしん》で事の成り行きを見守っていた。

「お前が……！　お前が、毎日毎日俺の城に爆裂魔法ぶち込んで行く大馬鹿者か！　俺が魔王軍幹部だと知っていて喧嘩《けんか》を売っているなら、堂々と城に攻めてくるがいい！　その気が無いのなら、街で震えているがいい！　何故《なぜ》こんな陰湿《いんしつ》な嫌がらせをする!?　この街には低レベルの冒険者しかいない事は知っている！　どうせ雑魚《ざこ》しかいない街だと放置しておれば、調子に乗って毎日毎日ポンポンポンポンポン撃ち込みにきおって……っ!!　頭おかしいんじゃないのか、貴様っ！」

連日の爆裂魔法がよほど応《こた》えたのか、デュラハンの兜が激しい怒りでプルプルと震えた。

流石《さすが》に気圧《けお》され、めぐみんは若干怯《じゃっかんひる》むも、肩《かた》のマントをバサッとひるがえし……！

「我が名はめぐみん。アークウィザードにして、爆裂魔法を操《あやつ》る者……！」

「……めぐみんって何だ。バカにしてんのか？」

「ちっ、違《ちが》わい！」

名乗りを受けたデュラハンに突《つ》っこまれるが、めぐみんは気を取り直すと。

「我は紅魔族の者にして、この街随一《ずいいち》の魔法使い。我が爆裂魔法を放ち続けていたのは、魔王軍幹部のあなたをおびき出すための作戦……！　こうしてまんまとこの街に、一人で出て来たのが運《うん》の尽きです！」

ノリノリでデュラハンに杖《つえ》を突きつけるめぐみんを後ろで見守りながら、俺はダクネス

とアクアにぼそぼそと囁《ささや》いた。

「……おい、あいつあんな事言ってるぞ。毎日爆裂魔法撃たなきゃ死ぬとか駄々《だだ》こねるから、仕方なくあの城の近くまで連れてってやったのに。いつの間に作戦になったんだ」

「……うむ、しかもさらっと、この街随一の魔法使いとか言い張っているな」

「しーっ！　そこは黙《だま》っておいてあげなさいよ！　今日はまだ爆裂魔法《ばくれつまほう》使ってないし、後ろにたくさんの冒険者が控《ひか》えてるから強気なのよ。今良いところなんだから、このまま見守るのよ！」

俺達の囁きが聞こえていたのか、片手で杖を突きつけたポーズのまま、めぐみんの顔がほんのりと赤くなる。

デュラハンはと言えば、なぜか、勝手に納得《なっとく》したような雰囲気だ。

「……ほう、紅魔の者か。なるほど、なるほど。そのいかれた名前は、別に俺をバカにしていた訳ではなかったのだな」

「おい、両親からもらった私の名に文句があるなら聞こうじゃないか」

デュラハンの言葉にヒートアップするめぐみんだが、当の相手はどこ吹く風だ。

と言うか、街中の冒険者の大群を見ても、気にする素振《そぶ》りも見せていない。

流石魔王の幹部、俺達みたいなひよっ子など眼中に無いのだろう。

「……フン、まあいい。俺はお前ら雑魚にちょっかいかけにこの地に来た訳ではない。この地には、ある調査に来たのだ。しばらくはあの城に滞在《たいざい》する事になるだろうが、これからは爆裂魔法は使うな。いいな？」

「それは、私に死ねと言っているも同然なのですが。紅魔族は日に一度、爆裂魔法を撃《う》たないと死ぬんです」

「お、おい、聞いた事ないぞそんな事！　適当な嘘《うそ》をつくな！」

どうしよう、もう少しめぐみんとあのモンスターのやり取りを見守りたい気分になってきた。

見ればアクアも、めぐみんがデュラハンに噛《か》みついているのをワクワクして眺《なが》めている。

デュラハンは右手の上に首を載《の》せ、そのまま器用に、やれやれと肩をすくめて見せた。

「どうあっても、爆裂魔法を撃つのを止める気は無いと？　俺は魔に身を落とした者ではあるが、元は騎士《きし》だ。弱者を刈《か》り取る趣味《しゅみ》は無い。だが、これ以上城の近辺であの迷惑行《めいわくこう》為《い》をするのなら、こちらにも考えがあるぞ？」

剣呑《けんのん》な気配を漂《ただよ》わせてきたデュラハンに、めぐみんがビクリと後ずさった。

だがめぐみんは、不敵な笑《え》みを浮《う》かべると……！

「迷惑《めいわく》なのは私達の方です！　あなたがあの城に居座っているせいで、私達は仕事もろくにできないんですよ！　……フッ、余裕ぶっていられるのも今の内です。こちらには、対アンデッドのスペシャリストがいるのですから！　先生、お願いします！」

盛大な啖呵《たんか》を切った後、めぐみんはアクアに丸投げした。

……………おい。

「しょうがないわねー！　魔王の幹部だか知らないけれど、この私がいる時に来るとは運が悪かったわね。アンデッドのくせに、力が弱まるこんな明るい内に外に出て来ちゃうなんて、浄化《じょうか》して下さいって言ってるようなものだわ！　あんたのせいでまともなクエストが請《う》けられないのよ！　さあ、覚悟《かくご》はいいかしらっ⁉」

先生呼ばわりされたアクアは、満更《まんざら》でも無さそうにデュラハンの前に出た。

固唾《かたず》を呑《の》んで成り行きを見守る冒険《ぼうけん》者達の視線を浴びながら、アクアがデュラハンに片手を突《つ》き出す。

それを見たデュラハンは、興味深そうに自分の首をアクアに向かって前に出した。

これがデュラハンなりの、マジマジと見る行為《こうい》になるのだろう。

「ほう、これはこれは。プリーストではなくアークプリーストか？　この俺は仮にも魔王

軍の幹部の一人。こんな街にいる低レベルのアークプリーストに浄化されるほど落ちぶれてはいないし、アークプリースト対策はできているのだが……。そうだな、ここは一つ、紅魔の娘《むすめ》を苦しませてやろうかっ！」

デュラハンは、アクアが魔法を唱えようとするよりも早く、左手の人差し指をめぐみんへと突き出した。

そしてデュラハンはすかさず叫ぶ！

「汝《なんじ》に死の宣告を！　お前は一週間後に死ぬだろう!!」

デュラハンが呪《のろ》いを掛《か》けるのと、ダクネスがめぐみんの襟首《えりくび》を掴《つか》み、自分の後ろに隠《かく》したのは同時だった。

「なっ!?　ダ、ダクネス!?」

めぐみんが叫ぶ中、ダクネスの身体《からだ》がほんのりと、一瞬《いっしゅん》だけ黒く光る。

くそっ、やられた、死の宣告か！

「ダクネス、大丈夫《だいじょうぶ》か!?　痛い所とかは無いか？」

俺が慌てて聞くも、ダクネスは自分の両手を確認《かくにん》するかの様にワキワキと何度か握《にぎ》り。

「……ふむ、なんとも無いのだが」

いたって平気そうに言ってのけた。

だが、デュラハンは確かに叫んだ。

一週間後に死ぬ、と。

呪いを掛けられたダクネスをアクアがぺたぺたと触《さわ》る中、デュラハンは勝ち誇《ほこ》った様に宣言する。

「その呪いは今はなんとも無い。若干予定が狂ったが、仲間同士の結束が固い貴様ら冒険者には、むしろこちらの方が応えそうだな。……よいか、紅魔族の娘よ。このままではそのクルセイダーは一週間後に死ぬ。ククッ、お前の大切な仲間は、それまで死の恐怖《きようふ》に怯《おび》え、苦しむ事となるのだ……。そう、貴様の行いのせいでな！　これより一週間、仲間の苦しむ様を見て、自らの行いを悔《く》いるがいい。クハハハッ、素直《すなお》に俺の言う事を聞いておけばよかったのだ！」

デュラハンの言葉にめぐみんが青ざめる中、ダクネスが戦《おのの》き叫んだ。

「な、なんて事だ！　つまり貴様は、この私に死の呪いを掛け、呪いを解いて欲しくば俺の言う事を聞けと！　つまりはそういう事なのか！」

「えっ」

ダクネスが何を言ったのか理解できなかったデュラハンが、素《す》で返した。

俺も、同じく何を言っているのか理解ができない。……したくない。

「くっ……！　呪いぐらいではこの私は屈《くっ》しはしない……！　屈しはしないが……っ！　ど、どうしようカズマ！　見るがいい、あのデュラハンの兜《かぶと》の下のいやらしい目を！　あれは私をこのまま城へと連れて帰り、呪いを解いて欲しくば黙って言う事を聞けと、凄《すさ》まじいハードコア変態プレイを要求する変質者の目だっ！」

大衆の前で、突然《とつぜん》変質者呼ばわりされた可哀想《かわいそう》なデュラハンは、ぽつりと言った。

「……えっ」

気の毒に。

「この私の体は好きにできても、心までは自由にできるとは思うなよ！　城に囚《とら》われ、魔《ま》王《おう》の手先に理不尽《りふじん》な要求をされる女騎士とかっ！　ああ、どうしよう、どうしようカズマっ!!　予想外に燃えるシチュエーションだ！　行きたくはない、行きたくはないが仕方がない！　ギリギリまで抵抗《ていこう》してみるから邪魔《じゃま》はしないでくれ！　では、行ってくる！」

「ええっ!?」

「止めろ、行くな！　デュラハンの人が困ってるだろ！」

ノコノコと敵に付いて行こうとするダクネスを羽交《はが》い締《じ》めにして引き止めると、デュラハンがほっとしている姿が見えた。

「と、とにかく！　これに懲《こ》りたら俺の城に爆裂魔法を放つのは止めろ！　そして、紅魔族の娘よ！　そこのクルセイダーの呪いを解いて欲しくば、俺の城に来るがいい！　城の最上階の俺の部屋まで来る事ができたなら、その呪いを解いてやろう！　……だが、城には俺の配下のアンデッドナイト達がひしめいている。ひよっ子冒険者のお前達に、果たして俺の所まで辿《たど》り着く事ができるかな？　クククククッ、クハハハハハッ！」

デュラハンはそう宣言すると、哄笑《こうしょう》しながら、街の外に停《と》めていた首の無い馬に乗り、そのまま城へと去って行った……。

6

あまりと言えばあんまりな展開に、集められた冒険者達は呆然《ぼうぜん》と立ち尽《つ》くしていた。

それは、俺も同じ事だ。

俺の隣《となり》では、めぐみんが青い顔でわなわなと震《ふる》え、杖をぎゅっと握り直す。

そして、一人で街の外へ出て行こうとする。

「おい、どこ行く気だ。何しようって言うんだよ」

俺がめぐみんのマントを引っ張ると、めぐみんは足に力を込めて抵抗しながら、こちらを振《ふ》り向きもせずに言ってくる。

「今回の事は私の責任です。ちょっと城まで行って、あのデュラハンに直接爆裂魔法ぶち込んで、ダクネスの呪いを解かせてきます」

めぐみん一人で行ったところで、どうなるもんでもないだろうに。

……と言うか。

「俺も行くに決まってるだろうが。お前一人じゃ、雑魚《ざこ》相手に魔法を使ってそれで終わっちゃうだろ。そもそも、俺も毎回一緒《いっしょ》に行きながら、幹部の城だって気づかなかったマヌケだしな」

俺の言葉にしばらく渋《しぶ》い表情を浮かべていためぐみんは、やがて諦《あきら》めた様に肩《かた》を落とした。

「……じゃあ、一緒に行きますか。でも相手はアンデッドナイトがひしめいているらしいです。となると、武器は効きにくいですね。私の魔法の方が効果的なはずです。……なので、こんな時こそ私を頼《たよ》りにしてくださいね」

言って、めぐみんは微《かす》かに笑みを浮かべた。

アンデッドナイトって言うからには、鎧《よろい》を着た相手なのだろう。

そんなのが相手では、安物の剣《けん》しか持たない俺は途端《とたん》に無力になる。

だが、それならそれで考えがあった。

「俺の敵感知スキルで城内のモンスターを索敵《さくてき》しながら、潜伏《せんぷく》スキルで隠れつつ、こそこそ行こう。もしくは、毎日城に通って一階から順に、爆裂魔法《ばくれつまほう》で敵を倒《たお》して帰還《きかん》。毎日地道に敵を削《けず》っていく。……一週間の期限があるなら、そんな作戦でいってもいい」

俺の提案に少しは希望が持てたのか、めぐみんが明るい表情で頷《うなず》いた。

俺とめぐみんはダクネスの方を振り返ると。

「おいダクネス！　呪いは絶対に何とかしてやるからな！　だから、安心……」

「『セイクリッド・ブレイクスペル』！」

ダクネスを元気付けようと、俺が声を掛ける最中。

それを遮《さえぎ》る形でアクアが唱えた魔法を受けて、ダクネスの体が淡《あわ》く光った。

そして、どことなく残念そうな、しょんぼりとしたダクネスとは対照的に、アクアが嬉々《きき》として言ってきた。

「この私にかかれば、デュラハンの呪いの解除なんて楽勝よ！　どう、どう？　私だって、たまにはプリーストっぽいでしょう？」

「「……えっ」」

……勝手に盛り上がっていた、俺とめぐみんのやる気を返せ。

7

魔王の幹部襲撃《しゅうげき》事件から何事も無く一週間が経《た》ったある日の事。

「クエストよ！　キツくてもいいから、クエストを請けましょう！」

「「えー……」」

突然そんな事を言い出したアクアに、俺とめぐみんの不満の声が同時に漏《も》れた。

アクアを除いて、俺達の懐《ふところ》は潤《うるお》っている。

高難易度なクエストしか無い今、わざわざ仕事をしたいとは思わない。

「私は構わないが。……だが、アクアと私では火力不足だろう……」

ダクネスがちらちらと俺とめぐみんの方を見る。

そんな目で見られても、俺とめぐみんは無理して危険なクエストを受ける必要性が無い。

乗り気じゃない俺達を見て、いよいよアクアが泣き出した。

「お、お願いよおおおおお！　もうバイトばかりするのは嫌《いや》なのよお！　コロッケが売れ残ると店長が怒《おこ》るの！　頑張《がんば》るから！　今回は、私、全力で頑張るからぁっ!!」

俺とめぐみんは顔を見合わせる。

「しょうがねえなあ……。じゃあ、ちょっと良さそうだと思うクエスト見つけて来いよ。悪くないのがあったら付いてってやるから」

その言葉に、アクアは嬉々としてクエスト掲示板《けいじばん》へと駆《か》け出す。

「……クエスト、一応カズマも見てきてくれませんか？　アクアに任せておくと、とんでもないの持ってきそうで……」

「……だな。まあ私は別に、無茶《むちゃ》なクエストでも文句は言わないが……」

めぐみんとダクネスの意見を聞いて、俺もなんだか嫌な予感がしてきた。

クエストが張り出されている掲示板へ行くと、何やら難しい顔で請《う》け負うクエストを吟《ぎん》味《み》しているアクアの後ろに立つ。

アクアは背後に立つ俺に気づかず、真剣《しんけん》な顔でクエストを選んでいる。

やがて、一枚の紙を掲示板から剝《は》がし、手に取った。

「……よし」

「よしじゃねえ！　お前、何請けようとしてんだよっ!!」

俺はアクアの持っていた依頼《いらい》書を取り上げた。


『――マンティコアとグリフォンの討伐《とうばつ》――マンティコアとグリフォンが縄張《なわば》り争いをしている場所があります。放《ほう》っておくと大変危険なので、二匹《ひき》まとめて討伐してください。報酬《ほうしゅう》は五十万エリス』


「アホか！」

俺は叫《さけ》ぶと、張り紙を元の場所に貼《は》り直した。

見に来て正解だった。危《あや》うくとんでもないクエストに巻き込まれるところだった。

「何よもう、二匹まとまってるとこにめぐみんが爆裂魔法食《く》らわせれば一撃《いちげき》じゃないの。ったくしょうがないわねー……」

こいつは、その危険な魔獣《まじゅう》を都合よく二匹まとめる作戦については、どうせ俺に丸投

げする気なのだろう。

いっそこのクエストを請けて、一人で送り出してしまおうかと悩《なや》む俺に、アクアが興奮しながら服の袖《そで》を引っ張ってきた。

「ちょっと、これこれ！　これ、見なさいよっ!!」

言われて、アクアが指差す依頼書を見る。

『――湖の浄化《じょうか》――街の水源の一つの、湖の水質が悪くなり、ブルータルアリゲーターが住みつき始めたので水の浄化を依頼したい。湖の浄化ができればモンスターは生息地を他《ほか》に移すため、モンスター討伐はしなくてもいい。※要浄化魔法習得済みのプリースト。報酬は三十万エリス』

「……お前、水の浄化なんてできるのか？」

俺の疑問にアクアがふっと鼻で笑う。

「バカね、私をだれだと思ってるの？　と言うか、名前や外見のイメージで、私が何を司《つかさど》る女神《めがみ》かぐらい分かるでしょう？」

「宴会《えんかい》の神様だろ？」

「違《ちが》うわよヒキニート！　水よ！　この美しい水色の瞳《ひとみ》とこの髪《かみ》が見えないのっ!?」

なるほど。

水の浄化だけで三十万か、確かに美味《おい》しいな。

討伐をしなくていいってとこがポイント高い。

「じゃあそれを請けろよ。ていうか、浄化だけならお前一人でもいいんじゃないか？　そうすれば報酬は独り占《ひとりじ》めできるだろ？」

だが、そんな俺の言葉にアクアが渋る。

「え、ええー……。多分、湖を浄化してるとモンスターが邪魔しに寄ってくるわよ？　私が浄化を終えるまで、モンスターから守って欲しいんですけど」

そういう事か。

しかし、ブルータルアリゲーターって、名前から察するにワニ系のモンスターだろ？

凄《すご》く危険そうなんだが……。

「ちなみに浄化ってどれぐらいで終わるんだ？　五分くらい？」

短時間で終わるなら、めぐみんの爆裂魔法で何とかなるだろう。

アクアが小首を傾《かし》げながら言った。

「……半日ぐらい？」

「長《なげ》えよ！」

名前からして危なそうなモンスター相手に、半日も防衛なんかしてられるか。

俺は張り紙を元に戻《もど》そうと……。

「ああっ！　お願い、お願いよおおっ！　他にはろくなクエストが無いの！　協力してよカズマさーん！」

掲示板に紙を貼り直そうとする俺の、右腕《みぎうで》にすがって泣きつくアクアに、俺はふと思いついた。

「……なあ、浄化ってどうやってやるんだ？」

「……へ？　水の浄化は、私が水に手を触《ふ》れて浄化魔法でもかけ続けてやればいいんだけど……」

なるほど、水に触れなきゃいけないのか。

ちょっと思いついた事があったんだが、それじゃ……。

……いや、待てよ？

「おいアクア。多分、安全に浄化ができる手があるんだが、お前、やってみるか？」

8

街から少し離《はな》れた所にある大きな湖。

街の水源の一つとされているその湖からは小さな川が流れており、それが街へと繋《つな》がっている。

湖のすぐ傍《そば》には山があり、そこから絶えず湖へと水が流れ込んでいた。

なるほど。

依頼にあった通り、湖の水は何だか濁《にご》り、淀《よど》んでいた。

モンスターも清潔な水を好むものかと思っていたが、違うのか。

俺が湖を眺《なが》めていると、背後からおずおずと声がかけられる。

「……ねえ……。本当にやるの？」

それは凄く不安気なアクアの声。

俺の考えた隙《すき》の無い作戦の、一体何が不安なのか。

アクアが言った。

「……私、今から売られていく、捕《つか》まった希少モンスターの気分なんですけど……」

……希少なモンスターを閉じ込めておく、鋼鉄製のオリの中央で、体育座りをしながら。

オリに入れたアクアを運び、そのまま湖に投入するのだ。

最初は湖の近くで安全なオリの中から浄化魔法《まほう》をかけさせようと思ったのだが、浄化魔法は水に触れていないと使えないそうなのでこの作戦になった。

水の女神であるアクアは、水に浸《つ》かるどころか、湖の底に一日沈《しず》められても、呼吸にも困らず、不快を感じる事も無いらしい。

そして本人いわく、浄化魔法を使わなくてもアクア自身が湖に浸かっていれば、それだけでも浄化効果があるそうな。

それほど神聖な存在だという事なのだろう。さすがは一応、腐《くさ》っても女神だ。

アクアが入ったオリは、俺とダクネスの二人がかりで湖に運んだ。

鋼鉄製のオリは、ギルドに常備されていた物を借りてきた。

クエストの中にはモンスターの捕獲依頼《ほかくいらい》もあるので、そういった時用の物らしい。

別に、使えない女神を湖に投棄《とうき》しに来た訳ではないので、遠くに持っていく必要は無い。

湖の際《きわ》に、アクアがちょっと浸かる程度にオリを置いておけばいいのだ。

これなら湖の浄化中にブルータルアリゲーターが襲《おそ》ってきても大丈夫《だいじょうぶ》だろう。

なにせ、捕獲《ほかく》したモンスターの運搬《うんぱん》用に使われるオリだ、中のアクアに攻撃《こうげき》が届くとは思えない。

ギルド職員の話では、浄化が終わればモンスターは湖から離れて行くと言っていたが、

万一アクアの傍から離れなかった時に備え、オリには頑丈《がんじょう》な鎖《くさり》を付けていた。

鋼鉄製のオリは重量があるので、湖までは街で借りた馬に引かせながら運んできた。

緊急《きんきゅう》の際には、借りてきた馬に、鎖でオリを引っ張らせて逃《に》げる予定だ。

アクアを入れたオリは湖の際に沈められ、体育座りのアクアは足の先と尻《しり》の部分を湖に浸からせていた。

後はこのまま、俺達三人は離れた所で待つだけだ。

アクアが、膝《ひざ》を抱《かか》えながらぽつりと呟《つぶや》く。

「……私、ダシを取られてる紅茶のティーバッグの気分なんですけど……」

9

浄化装置改め、アクアを湖の際に設置して、二時間が経過。

だが、未《いま》だにモンスターが襲ってくる気配は無い。

俺とダクネスとめぐみんは、アクアから二十メートルほど離れた陸地でアクアの様子を見守っていた。

水に浸かりっぱなしのアクアに声を掛《か》ける。

「おーいアクア！　浄化の方はどんなもんだ？　湖に浸かりっぱなしだと冷えるだろ。トイレ行きたくなったら言えよ？　オリから出してやるからー！」

遠くから叫ぶ俺に、アクアが叫び返した。

「浄化の方は順調よ！　後、トイレはいいわよ！　アークプリーストはトイレなんて行かないし!!」

昔のアイドルみたいな事を言うアクア。

水に浸けっぱなしで大丈夫かと心配したが、まだまだ余裕《よゆう》はありそうだ。

「何だか大丈夫そうですね。ちなみに、紅魔族もトイレなんて行きませんから」

めぐみんが聞いてもいないのにそんな事を言ってくる。

お前もアクアも普段《ふだん》モリモリ食ったり飲んだりしてるが、それはどこに消えているんだとツッコみたい。

「私もクルセイダーだから、トイレは……トイレは……。……うう……」

「ダクネス、この二人に対抗《たいこう》するな。トイレに行かないって言い張るめぐみんとアクアの二人は、今度、日帰りじゃ終わらないクエストを請《う》けて、本当にトイレに行かないかを確《かく》認《にん》してやる」

「や、止《や》めてください。紅魔族はトイレなんて行きませんよ？　でも謝るので止めてください。……しかし。ブルータルアリゲーター、来ませんね。このまま何事もなく終わってくれればいいのですが」

めぐみんがフラグとしか思えない様な事を言った。

そして、それをきっかけにでもするかの様に、湖の一部に小波《さざなみ》が走る。

大きさ的には地球の平均的なワニと比較《ひかく》しても、あまり変わらないだろう。

だが、そこはやはりモンスター。地球のワニとは一味違った。

「カ、カズマー！　なんか来た！　ねえ、なんかいっぱい来たわ！」

この世界のワニ達は、群れで行動する様だ。

――浄化を始めてから四時間が経過――

最初は、水に浸かって女神の身体《からだ》に備わった浄化能力だけを使っていたアクアだったが、早く浄化を終わらせて帰りたいのか、今は一心不乱に浄化魔法も唱えまくっている。

「『ピュリフィケーション』！　『ピュリフィケーション』！　『ピュリフィケーション』ッッ！」

アクアが入っている鋼鉄製のオリを大量のワニ達が囲み、オリをガジガジと齧《かじ》っている。

「『ピュリフィケーション』！　『ピュリフィケーション』ッッ！　ギシギシいってる！　ミシミシいってる！　オリが、オリが変な音立ててるんですけど！」

オリの中で喚《わめ》くアクアだが、この状況《じょうきょう》では爆裂《ばくれつ》魔法でぶっ飛ばす訳にもいかず、俺達にはちょっとどうしようもない。

「アクアー！　ギブアップなら、そう言えよー！　そしたら鎖引っ張ってオリごと引きずって逃げてやるからー！」

先ほどからオリに向かって叫《さけ》ぶのだが、アクアは怯《おび》えながらも頑《かたく》なにクエストのリタイアを拒《こば》んでいた。

「イ、イヤよ！　ここで諦《あきら》めちゃ今までの時間が無駄《むだ》になるし、何より報酬《ほうしゅう》が貰《もら》えないじゃないのよ！　『ピュリフィケーション』！　『ピュリフィケーション』ッッ!!　……わ、わあああああーっ！　メキッていった！　今オリから、鳴っちゃいけない音が鳴った!!」

わあわあと泣《な》き叫んでいるアクアを取り囲むブルータルアリゲーター達は、俺達三人には見向きもしない。

それを見て、ダクネスが呟く。

「……あのオリの中、ちょっとだけ楽しそうだな……」

「……行くなよ？」

――浄化《じょうか》を始めてから七時間が経過――


湖の際には、ボロボロになったオリがぽつんと取り残されていた。

ブルータルアリゲーターに齧られたオリは、所々にワニの歯型が残されている。

浄化が完了《かんりょう》したからか、ブルータルアリゲーター達はオリから離れ、山へと向かって泳いで行ってしまった。

もうアクアの浄化魔法の声は聞こえてこない。

というか、一時間ほど前から、アリゲーターにたかられていたアクアの声が聞こえなくなっている。

「……おいアクア、無事か？　ブルータルアリゲーター達は、もう全部、どこかに行ったぞ」

俺達はオリへ近づき、オリの中のアクアを窺《うかが》った。

「……ぐす……ひっく……えっく……」

膝を抱えて泣くぐらいなら、とっととクエストをリタイアすればいいのに……。

まあこの状況では無理もないか。

「ほら、浄化が終わったのなら帰るぞ。ダクネスとめぐみんで話し合ったんだが、俺達は今回、報酬はいらないから。報酬の三十万、お前が全部持っていけ」

体育座り状態で膝に顔を埋《うず》めたアクアの肩《かた》がぴくりと動く。

だが、オリから出てくる気配はない。

「……おい、いい加減オリから出ろよ。もうアリゲーターはいないから」

俺の言葉に、アクアが小さな声で呟くのが聞こえた。

「……まま連れてって……」

「………………？」

「なんだって？」

「……オリの外の世界は怖《こわ》いから、このまま街まで連れてって」

……どうやら、今回のクエストは、カエル討伐《とうばつ》に続いてアクアにまたトラウマを植えつけた様だ。

10

「ドナドナドーナードーナー……」

「……お、おいアクア、もう街中なんだからその歌は止めてくれ。ボロボロのオリに入って膝抱えた女を運んでる時点で、ただでさえ街の住人の注目を集めてるんだからな？　というか、もう安全な街の中なんだから、いい加減出て来いよ」

「嫌《いや》。この中こそが私の聖域よ。外の世界は怖いからしばらく出ないわ」

すっかりオリの中に引き篭《こ》もってしまったアクアを、馬で引きながら。

無事にクエストを終えて街に帰って来た俺達は、街の人達の生温かい注目を集めつつ、ギルドへと向かっていた。

頑なにオリから出ようとしないアクアが自分の足で歩いてくれないせいで、馬にオリを引かせているにもかかわらず俺達の歩みは遅《おそ》い。

しかし、今回は約一名にトラウマはできたが、それ以外には被害《ひがい》らしい被害は無い。

装備や魔法《まほう》を試《ため》したかったが、楽にクエストが済んだのだから、そちらの方がいいに決まっている。

俺達にしては珍《めずら》しく、大した事も無くクエストが無事済んだなあ……。

俺が、そんなフラグになる様な事を考えてしまったからだろうか。

「め、女神様《めがみ》っ⁉　女神様じゃないですかっ！　何をしているのですか、そんな所で！」

突然叫《とつぜんさけ》んで、オリに引き篭《こ》もっているアクアに駆《か》け寄り、鉄格子《てつごうし》を摑《つか》む男。

そいつはあろう事か、ブルータルアリゲーターが齧りついても破壊《はかい》できなかったオリの鉄格子を、いとも容易《たやす》くグニャリと捻《ね》じ曲げ、中のアクアに手を差し伸《の》べた。

啞然《あぜん》としている俺とめぐみんを尻目《しりめ》に、その見知らぬ男は、同じく啞然としているアクアの手を……、

「……おい、私の仲間に馴《な》れ馴れしく触《さわ》るな。貴様、何者だ？　知り合いにしては、アクアがお前に反応していないのだが」

手を取ろうとしたその男にダクネスが詰《つ》め寄った。

アリゲーターにたかられるアクアを羨《うらや》ましそうに見ていた先ほどとは違《ちが》い、今のダクネスは大切な仲間を守る盾《たて》として、どこに出しても恥《は》ずかしくないクルセイダーだ。

……いつもこんな感じでいてくれたなら……。

男はダクネスを一瞥《いちべつ》すると、ため息を吐《は》きながら首を振《ふ》る。

いかにも、自分は厄介《やっかい》事に巻き込まれたくは無いのだけど仕方がない、といった感じで。

男のその態度に、普段はあまり表情をあらわにしないダクネスが、明らかにイラッとした。

何だかきな臭《くさ》い雰囲気《ふんいき》になってきたので、俺はこの期《ご》に及《およ》んでも膝《ひざ》を抱《かか》えてオリから出ようとしないアクアに、そっと耳打ちする。

「……おい、あれお前の知り合いなんだろ？　女神様とか言ってたし。お前があの男を何とかしろよ」

そんな俺の囁《ささや》きに、アクアは一瞬《いっしゅん》だけ、なに言ってんの？　という表情を浮《う》かべ……。

「……ああっ！　女神！　そう、そうよ、女神よ私は。それで？　女神の私にこの状況をどうにかして欲しいわけね？　しょうがないわね！」

アクアはようやくオリから出てきた。

こいつ、自分が女神だという事を、本気で忘れていたんじゃないだろうな。

もぞもぞとオリから出てきたアクアは、その男に対して首を傾《かし》げる。

「……あんた誰《だれ》？」

知り合いじゃないのかよ。

……いや、やはり知り合いの様だ。

男が、驚《おどろ》きの表情で目を見開いているから。

多分、アクアが忘れているだけなのだろう。

「何言ってるんですか女神様！　僕です、御剣《みつるぎ》響夜《きょうや》ですよ！　あなたに、魔剣《まけん》グラムを頂いた!!」

「…………？」

アクアがなおも首を傾げているが、俺はピンときた。

アニメや漫画《まんが》の主要キャラみたいな名前だが、その日本人名からして、俺より先にアクアに強力な装備を貰い、ここに送られた奴《やつ》なのだろう。

正義感が強そうなその男は、茶色い髪《かみ》をした、かなりのイケメンだ。

鮮《あざ》やかに青く輝《かがや》く高そうな鎧《よろい》を身に着け、腰《こし》には、黒鞘《くろさや》に入った剣《けん》を下げていた。

そして後ろには、槍《やり》を持った戦士風の美少女と、革鎧を着て、腰にダガーをぶら下げた美少女を引き連れている。

ミツルギと名乗ったそいつは、年は俺と同じくらいだろうか？

その男は一言で言ってしまえば……。

漫画の主人公っぽい奴だった。

「ああっ！　いたわね、そういえばそんな人も！　ごめんね、すっかり忘れてたわ。だって結構な数の人を送ったし、忘れてたってしょうがないわよね！」

俺やミツルギの説明で、ようやく思い出したアクア。

若干《じゃっかん》表情を引きつらせながらも、ミツルギはアクアに笑いかけた。

「ええっと、お久しぶりですアクア様。あなたに選ばれた勇者として、日々頑張《がんば》ってますよ。職業はソードマスター。レベルは37にまで上がりました。……ところで、アクア様はなぜここに？　というか、どうしてオリの中に閉じ込められていたんですか？」

ミツルギは、チラチラと俺を見ながら言ってくる。

アクアはこいつに、お前は選ばれた者にして勇者だとか、そんな適当な事を言ってこの世界に送り込んだのか。

今の今まで存在を忘れていたところが、いかにミツルギにいい加減な事を言っていたのかが良く分かる。

というか、ミツルギには俺がアクアをオリに閉じ込めていた様に映ったのか？

……いや、普通《ふつう》はそう取るな。

本人がオリの中から出たがらないんですと言っても、きっとこいつは信じてくれないだろう。

俺だって、そんな変わり者の女神がいる事を、この目で見ていても信じられないのだ。

俺は、自分と一緒《いっしょ》にアクアがこの世界に来る事になった経緯《けいい》や、今までの出来事をミツルギに説明し……。

「……バカな。ありえないそんな事！　君は一体何考えているんですか⁉　女神様をこの世界に引き込んで⁉　しかも、今回のクエストではオリに閉じ込めて湖に浸《つ》けた⁉」

俺はいきり立ったミツルギに、胸《むな》ぐらを掴まれていた。

それをアクアが慌《あわ》てて止める。

「ちょちょ、ちょっと⁉　いや別に、私としては結構楽しい毎日送ってるし、ここに一緒に連れてこられた事は、もう気にしていないんだけどね？　それに、魔王《まおう》を倒《たお》せば帰れるんだし！　今日のクエストだって、怖かったけど結果的には誰も怪我《けが》せず無事完了《かんりょう》した訳だし。しかも、クエスト報酬《ほうしゅう》三十万よ三十万！　それを全部くれるって言うの！」

その言葉に、ミツルギは憐憫《れんびん》の眼差《まなざ》しでアクアを見る。

「……アクア様、こんな男にどう丸め込まれたのかは知りませんが、今のあなたの扱《あつか》いは不当ですよ。そんな目に遭《あ》って、たった三十万……？　あなたは女神ですよ？　それがこんな……。ちなみに、今はどこに寝泊《ねと》まりしているんです？」

こんな往来で女神とか言うなよと思ったが、ミツルギが今にも切れそうなので黙《だま》っておく。

というか、初対面で言いたい放題だなこの野郎《やろう》。

アクアの事をろくに知らないくせに。

ミツルギの言葉に、アクアが若干押されながらもおずおず答えた。

「え、えっと、みんなと一緒に、馬小屋で寝泊まりしてるけど……」

「は!?」

ミツルギの、俺の胸ぐらを掴む手に力が込められた。

ちょ、痛いんですけど！

そのミツルギの腕《うで》を、ダクネスが横から掴む。

「おい、いい加減その手を放せ。お前はさっきから何なのだ。カズマとは初対面のようだ

が、礼儀知《れいぎし》らずにもほどがあるだろう」

バカな事を口走る時以外は物静かなダクネスが、珍しく怒《おこ》っていた。

見れば、めぐみんまでもが新調した杖《つえ》を構え、今にも爆裂《ばくれつ》魔法の詠唱《えいしょう》を……って、それは止《や》めろ！

ミツルギは手を放すと、興味深そうにダクネスとめぐみんを観察する。

「……クルセイダーにアークウィザード？……それに、随分綺麗《ずいぶんきれい》な人達だな。君はパーティーメンバーには恵《めぐ》まれているんだね。それなら尚更《なおさら》だよ。君は、アクア様やこんな優秀《ゆうしゅう》そうな人達を馬小屋で寝泊まりさせて、恥ずかしいとは思わないのか？さっきの話じゃ、就《つ》いている職業も、最弱職の冒険《ぼうけん》者らしいじゃないか」

こいつの言い分だけ聞いていると、自分が凄《すご》く恵まれた環境《かんきょう》にいるかの様に思えてくる。

何の関わり合いも無い他人から見れば、俺はそんな風に見えるのだろうか。

俺はアクアに耳打ちする。

「なあなあ、この世界の冒険者って馬小屋で寝泊まりなんて基本だろ？こいつ、なんでこんなに怒ってるんだ？」

「あれよ、彼には異世界への移住特典で魔剣をあげたから、そのおかげで、最初から高難

易度のクエストをバンバンこなしたりして、今までお金に困らなかったんだと思うわ。……まあ、能力か装備を与《あた》えられた人間なんて、大体がそんな感じよ」

アクアの返事を聞いて、俺は何だか無性《むしょう》に腹が立ってきた。

タダで貰《もら》った魔剣でこの世界で苦労もせずに生きてきた奴に、なぜ一から頑張ってきた俺が、上から目線で説教されなきゃいけないんだ。

そんな俺の怒《いか》りも知らず、ミツルギが同情でもするかの様に、アクアやダクネス、めぐみんに対して憐《あわ》れみの混じった表情で笑いかけた。

「君達、今まで苦労したみたいだね。これからは、僕と一緒に来るといい。もちろん馬小屋なんかで寝かせないし、高級な装備品も買い揃《そろ》えてあげよう。というか、パーティーの構成的にもバランスが取れていていいじゃないか。ソードマスターの僕に、僕の仲間の戦士と、そしてクルセイダーのあなた。僕の仲間の盗賊《とうぞく》と、アークウィザードのその子にアクア様。まるであつらえたみたいにピッタリなパーティー構成じゃないか！」

おっと、俺が入っていませんが。

いや、もちろんこの男のパーティーに入りたいとも思わないけれども。

身勝手なミツルギの提案に、俺の仲間の三人はひそひそと囁き出した。

性格は自己中勇者様な感じのミツルギだが、待遇《たいぐう》としては、悪くない提案だ。

そして、俺よりもミツルギについて行った方が、アクアの願いである魔王討伐《とうばつ》は達成され易《やす》いと思う。

アクアは魔王が倒されないと天界に帰れない。

俺の異世界移住特典として連れて来られたが、他《ほか》の転送者に付き従って魔王討伐を果たしても、きっと帰して貰えるだろう。

俺は、アクア達も流石《さすが》に心が動いたかなと、背後の会話に聞き耳を立てると……。

「ちょっと、ヤバいんですけど。あの人本気で、ひくぐらいヤバいんですけど。ていうか勝手に話進めるしナルシストも入ってる系で、怖《こわ》いんですけど」

「どうしよう、あの男は何だか生理的に受けつけない。攻《せ》めるより受けるのが好きな私だが、あいつだけは何だか無性に殴《なぐ》りたいのだが」

「撃《う》っていいですか？　あの苦労知らずの、スカしたエリート顔に、爆裂魔法《まほう》を撃ってもいいですか？」

おっと、大不評ですよミツルギさん。

と、アクアが俺の服の裾《すそ》を引っ張った。

「ねえカズマ。もうギルドに行こう？　私が魔剣をあげておいてなんだけど、あの人には関《かか》わらない方がいい気がするわ」

正直腹の立つ男ではあるが、ここはアクアの言う通りに立ち去るべきか。

「えーと。俺の仲間は満場一致《まんじょういっち》であなたのパーティーには行きたくないみたいです。俺達はクエストの完了報告があるから、これで……」

俺はそう言うと、馬を引いてオリを引き、立ち去ろうとした。


…………。


「……どいてくれます？」

俺の前に立ち塞《ふさ》がるミツルギに、俺はイライラしながら告げる。

どうしよう、人の話を聞かない系だ。

「悪いが、僕に魔剣という力を与えてくれたアクア様を、こんな境遇《きょうぐう》の中に放《ほう》ってはおけない。君にはこの世界は救えない。魔王を倒すのはこの僕だ。アクア様は、僕と一緒に来た方が絶対にいい。……君は、この世界に持ってこられるモノとして、アクア様を選んだという事だよね？」

「……そーだよ」

漫画《まんが》でよくある流れとして、この後の展開が目に見える。

この後、こいつ、絶対………！

「なら、僕と勝負をしないか？　アクア様を、持ってこられる『者』として指定したんだろう？　僕が勝ったらアクア様を譲《ゆず》ってくれ。君が勝ったら、何でも一つ、言う事を聞こうじゃないか」

「よし乗った!!　じゃあ行くぞ！」

正に予想通り。

いい加減、我慢《がまん》が限界にきていた俺は、一も二も無く襲《おそ》い掛《か》かった。

俺は左手をワキワキさせて、右手で小剣を鞘ごと引き抜《ぬ》き、殴りかかる。

先手必勝、卑怯《ひきょう》もクソもあるか！

魔剣《まけん》持ちの高レベルのソードマスター様が、貧弱装備の駆《か》け出し冒険者に勝負を挑《いど》む方が卑怯ってもんだ！

ミツルギも、まさか話を持ちかけ、返事と同時に斬《き》りかかられるとは思ってもいなかったのだろう。

「えっ!?　ちょっ！　待っ……!?」

慌てたミツルギだが、そこは流石に高レベル冒険者。

咄嗟《とっさ》に腰《こし》の魔剣を抜くと、それを横にして俺の小剣を受け止めに入る。

俺の右手の小剣が魔剣に当たる寸前に、俺は左手を突《つ》き出して……！

「『スティール』ッッッ！」

叫《さけ》ぶと同時に、左手にずしりとした剣の重みを感じる。

おっと、いきなり当たりを引いたみたいだ。

俺の小剣を受け止めようとしていたミツルギの手からは、その受け止めようとして掲《かか》げていた魔剣が消えうせていた。

「「「はっ？」」」

その間の抜けた声は誰《だれ》の物か。

俺以外のその場の全員の声だったのかも知れない。

窃盗《せっとう》スキルを組み込んだ攻撃《こうげき》に、ミツルギは成す術《すべ》も無く、俺が振《ふ》り下ろした小剣で頭を思い切り強打された。


「卑怯者！　卑怯者卑怯者卑怯者ーっ！」

「あんた最低！　最低よ、この卑怯者！　正々堂々と勝負しなさいよ！」

ミツルギの仲間の、二人の少女による俺への罵倒《ばとう》。

俺は、それを甘んじて聞いていた。

鞘越《さやご》しとはいえ、重いショートソードで頭部を強打されたミツルギは、面白《おもしろ》い格好で白目を剝《む》いて倒れている。

抗議《こうぎ》する二人の取り巻きに、俺は一方的に宣言した。

「俺の勝ちって事で。こいつ、負けたら何でも一つ言う事聞くって言ってたな？　それじゃあ、この魔剣を貰っていきますね」

その言葉に取り巻きの一人がいきり立つ。

「なっ!?　バ、バカ言ってんじゃないわよ！　それに、その魔剣はキョウヤにしか使いこなせないわ。魔剣は持ち主を選ぶのよ。既《すで》にその剣は、キョウヤを持ち主と認めたのよ？　あんたには、魔剣の加護は効果がないわ！」

自信たっぷりに言ってくる少女の言葉に、俺はアクアの方を振り向いた。

「……マジで？　この戦利品、俺には使えないのか？　せっかく強力な装備を巻き上げたと思ったんだけど」

「マジです。残念だけど、魔剣グラムはあの痛い人専用よ。装備すると人の限界を超《こ》えた膂力《りょりょく》が手に入り、石だろうが鉄だろうがサックリ斬れる魔剣だけれど。カズマが使ったって普通《ふつう》の剣よ」

なんてこった……。

でもまあせっかくだし貰っておこうか。

「じゃあな。そいつが起きたら、これはお前が持ちかけた勝負なんだから恨《うら》みっこ無しだって言っといてくれ。……それじゃアクア、ギルドに報告に行こうぜ」

言って踵《きびす》を返す俺に、ミツルギの仲間の少女が武器を構えた。

「ちょちょちょ、ちょっとあんた待ちなさいよっ！」

「キョウヤの魔剣、返して貰うわよ。こんな勝ち方、私達は認めない！」

その二人の少女に、俺は手をワキワキさせて見せつけた。

「別にいいけど、真の男女平等主義者な俺は、女の子相手でもドロップキックを食《く》らわせられる公平な男。手加減してもらえると思うなよ？　と言うか女相手なら、この公衆の面前で俺のスティールが炸裂《さくれつ》するぞ」

俺の手を見た二人の少女は、違《ちが》う意味での身の危険を感じ取ったのか、不安気な表情で後ずさった。

「「うわあ…………」」

そんな俺に、軽くひいている仲間の視線が痛いです。

俺達は借りていたオリを引きずって、ようやくギルドへと帰って来た。

報酬《ほうしゅう》は全部アクアにやると決まったので、クエストの完了《かんりょう》報告はアクア達に任せ、俺はといえば、馬を返すついでに、戦利品の魔剣を手にある所に寄った後、皆《みな》より遅《おく》れて冒《ぼう》険《けん》者ギルドの前へとやって来た。

……の、だが……。

「な、何でよおおおおっ！」

ギルドの中から喧《やかま》しいアクアの声が聞こえてきた。

あいつは、とにかく騒《さわ》ぎを起こさないと気が済まないのだろうか。

中に入ると、そこでは、涙目《なみだめ》になったアクアが職員に摑《つか》みかかっていた。

「だから、借りたオリは私が壊《こわ》したんじゃないって言ってるでしょ⁉　ミツルギって人がオリを捻《ね》じ曲げたんだってば！　それを、何で私が弁償《べんしょう》しなきゃいけないのよ！」

なるほど、そういえば勝手にオリを曲げて、アクアを助けようとしたんだっけ。

代わりにアクアが、壊れたオリの請求《せいきゅう》を受けているらしい。

しばらく粘《ねば》っていたアクアだったが、やがて諦《あきら》めたのか、報酬を貰《もら》って俺達のテーブルへトボトボとやって来る。

「……今回の報酬、壊したオリのお金を引いて、十万エリスだって……。あのオリ、特別な金属と製法で作られてるから、二十万もするんだってさ……」

しょんぼりしているアクアに、流石にちょっと同情した。

ミツルギに関しては、アクアはとんだとばっちりだ。

「あの男、今度会ったら絶対ゴッドブローを食らわせてやるわっ！　そしてオリの弁償代払《はら》わせてやるから!!」

アクアが、席に着いてメニューをギリギリと握《にぎ》りしめながら歯ぎしりする。

俺としては、もうあいつには会いたくないんですが。

……と、アクアが未《いま》だ悔《くや》しげに喚《わめ》く中。

「ここにいたのかっ！　探したぞ、佐藤和真《さとうかずま》！」

ギルドの入り口に、丁度話題のミツルギが、取り巻きの少女二人を連れて立っていた。

教えてもいない俺のフルネームをいきなり叫んだミツルギは、俺達のいるテーブルにツカツカと歩み寄り、バンとテーブルに手を叩《たた》きつける。

「佐藤和真！　君の事は、ある盗賊《とうぞく》の女の子に聞いたらすぐに教えてくれたよ。ぱんつ脱《ぬ》

がせ魔《ま》だってね。他《ほか》にも、女の子を粘液《ねんえき》まみれにするのが趣味《しゅみ》な男だとか、色々な人の噂《うわさ》になっていたよ。鬼畜《きちく》のカズマだってね」

「おい待て、誰がそれ広めてたのか詳《くわ》しく」

盗賊には心当たりはあるが、他が問題だ。

俺の知らない所で、鬼畜だのとあらぬ噂が……！

真剣《しんけん》な表情で俺に詰《つ》め寄るミツルギの前に、アクアがゆらりと立ち塞がる。

「……アクア様。僕はこの男から魔剣を取り返し、必ず魔王《まおう》を倒《たお》すと誓《ちか》います。ですから……。ですからこの僕と、同じパーティーぐぶえっ!?」

「「ああっ!? キョウヤ！」」

アクアに無言でぶん殴《なぐ》られ、ミツルギが吹《ふ》っ飛んだ。

床《ゆか》に転がるミツルギに、慌《あわ》てて仲間の少女達が駆け寄る。

なぜ殴られたのか分からないといった表情のミツルギに、アクアはツカツカと詰め寄りその胸《むな》ぐらを掴み上げると。

「ちょっとあんたオリ壊したお金払《はら》いなさいよ！　おかげで私が弁償する事になったんだ

からね！　三十万よ三十万、あのオリ特別な金属と製法で出来てるから高いんだってさ！　ほら、とっとと払いなさいよっ！」

さっき、あのオリは二十万って言ってなかったか？

ミツルギは殴られた所を押さえ、尻餅《しりもち》をついた体勢で、アクアに気圧《けお》されながら素直《すなお》にサイフから金を出す。

ミツルギから金を受け取り、アクアはホクホクしながら再びメニューを手に取った。

気を取り直したミツルギが、上機嫌《じょうきげん》でメニューを片手に店員を呼ぶアクアを気にしながら、俺に悔しそうに言う。

「……あんなやり方でも、僕の負けは負けだ。そして何でも言う事を聞くと言った手前、こんな事を頼《たの》むのは虫がいいのも理解している。……だが、頼む！　魔剣を返してはくれないか？　あれは君が持っていても役には立たない物だ。君が使っても、そこらの剣よりは斬れる、その程度の威力《いりょく》しか出ない。……どうだろう？　剣が欲しいのなら、店で一番良い剣を買ってあげてもいい。……返してはくれないか？」

本人自ら言っているが、また随分《ずいぶん》と虫のいい話だ。

いくらいらない子とはいえ、アクアは、一応この世界への移住特典として俺にくっついてきたおまけなわけだ。

それはつまり、俺もミツルギの持つ魔剣《まけん》相当の特典を賭《か》けたという事になる。

アクアが魔剣に相当しているのかと言われれば、黙《だま》るしかないが。

「私を勝手に景品にしておいて、負けたら良い剣を買ってあげるから魔剣返してって、虫が良いとは思わないの？　それとも、私の価値はお店で一番高い剣と同等って言いたいの？　無礼者、無礼者！　仮にも神様を賭けの対象にするって何考えてるんですか？　顔も見たくないのであっちへ行って。ほら早く、あっちへ行って！」

メニュー片手にシッシと手を振るアクアの言葉に、ミツルギの顔が青ざめた。

まあ、勝手に話を進められた挙げ句にこれではアクアが怒《おこ》るのも無理はないが。

「ままま、待ってくださいアクア様！　別にあなたを安く見ていた訳では……っ！」

慌てるミツルギに、めぐみんがクイクイとミツルギの袖《そで》を引く。

「……？　なにかな、お嬢《じょう》ちゃん……、ん？」

ミツルギの注意を引いためぐみんは、そのまま俺を指で差す。

正確には、俺の腰《こし》の辺りを。

「……まず、この男が既に魔剣を持っていない件について」

「!?」

言われて気づいたミツルギが、

「さ、佐藤和真！　魔剣は!?　ぼぼぼ、僕の魔剣はどこへやった!?」

顔中に脂汗《あぶらあせ》を浮《う》かべて俺に縋《すが》りつく。

俺は一言。

「売った」

「ちっくしょおおおおおお！」

ミツルギは、泣きながらギルドを飛び出した。


「……一体何だったのだあいつは。……ところで。先ほどから、アクアが女神《めがみ》だとか呼ばれていたが、一体何の話だ？」

ミツルギが涙目でギルドを飛び出した後。

先ほどの騒ぎで冒険者達の好奇《こうき》の視線を浴びながら、ダクネスが言ってきた。

……まあ、あれだけ女神だ何だと言っていれば当たり前か。

いや、この際だ。めぐみんとダクネスには言ってしまってもいいか？

俺がアクアに視線をやると、分かったとばかりにアクアがこくりと頷《うなず》く。

そして、アクアは珍《めずら》しく真剣な表情で、ダクネスとめぐみんに向き直る。

ダクネスとめぐみんも、そのアクアの雰囲気《ふんいき》を察し、真剣に聞く姿勢に入った……。

「今まで黙っていたけれど、あなた達には言っておくわ。……私はアクア。アクシズ教団が崇拝《すうはい》する、水を司《つかさど》る女神。……そう、私こそがあの、女神アクアなのよ……！」

「「っていう、夢を見たのか」」

「違うわよ！　何で二人ともハモってんのよ！」

……まあ、こうなるわなぁ……。

その時だった。

『緊急《きんきゅう》！　緊急！　全冒険者の皆さんは、直ちに武装し、戦闘《せんとう》態勢で街の正門に集まってくださいっっ！』

お馴染《なじ》みの、緊急を告げるアナウンスが辺りに響《ひび》き渡《わた》った。

「またかよ……？　最近多いな、緊急の呼び出し」

行かなきゃ駄目《だめ》か？

駄目だろうなあ、でもミツルギとあんな騒ぎがあった後だし面倒臭《めんどうくさ》い……。

と、俺が気怠《けだる》げにテーブルの上にだらけていると。

『緊急！　緊急！　全冒険者の皆さんは、直ちに武装し、戦闘態勢で街の正門に集まってください！　……特に、冒険者サトウカズマさんとその一行は、大至急でお願いします！』

「…………えっ」

今なんて？

第四章

このろくでもない戦いに決着を！

1

俺は慌てて正門前に駆《か》けつけた。

軽装の俺を筆頭に、アクアやめぐみんも門の前に着くが、重装備のダクネスだけは到《とう》着《ちゃく》が遅《おく》れていた。

「お、やっぱりな。またあいつか」

俺達が街の正門前に着くと、そこには既《すで》に多数の冒険者が集まっている。

そして多くの駆け出し冒険者達が遠巻きに見守る中、街の正門前には奴《やつ》がいた。

そう、あの魔王の幹部のデュラハンだ。

先にいた冒険者達の顔色が悪いのが気に掛《か》かっていたが、デュラハンの後ろを見て、理

解した。

今日は先日とは違《ちが》い、背後に多くのモンスターを引き連れている。

それは、朽《く》ちて、ボロボロになった鎧《よろい》を身に纏《まと》った騎士《きし》達。

鎧や兜《かぶと》の隙間《すきま》からは、直視しているとしばらくご飯が食べられなくなりそうな、トラウマになりそうな腐《くさ》った体が見え隠《かく》れしている。

その鎧騎士達は、ひと目でアンデッドだと分かった。

デュラハンは俺とめぐみんの姿を見つけると、開口一番叫《さけ》びを上げた。

「なぜ城に来ないのだ、この人でなしどもがあああああっ!!」

俺はめぐみんを庇《かば》う形で前に出ると、デュラハンに問い掛けた。

「ええっと……。なぜ城に来ないって、なんで行かなきゃいけないんだよ？　後、人でなしって何だ。もう爆裂魔法《ばくれつまほう》を撃《う》ち込んでもいないのに、なにをそんなに怒ってるんだよ」

俺の言葉に、怒ったデュラハンが思わず左手に抱《かか》えていた物を地面に叩《たた》きつけ……ようとして、それが自分の頭である事に気づき、慌てて脇《わき》に抱え直すと。

「爆裂魔法を撃ち込んでもいない？　撃ち込んでもいないだと!?　何を抜《ぬ》かすか白々しい

っ！　そこの頭のおかしい紅魔の娘《むすめ》が、あれからも毎日欠かさず通っておるわ！」

「えっ」

俺はそれを聞き、隣《となり》のめぐみんを見る。

めぐみんが、ふいっと目を逸《そ》らした。

「……お前、行ったのか。もう行くなって言ったのに、あれからまた行ったのか！」

「ひたたたたた、いた、痛いです！　違うのです、聞いてくださいカズマ！　今までならば、何もない荒野《こうや》に魔法を放つだけで我慢《がまん》出来ていたのですが……！　城への魔法攻撃《こうげき》の魅力《みりよく》を覚えて以来、大きくて硬《かた》いモノじゃないと我慢できない体に……！」

「もじもじしながら言うな！　大体お前、魔法撃《う》ったら動けなくなるだろうが！　てことは、一緒《いっしょ》に通った共犯者がいるだろ！　一体誰《だれ》と……」

めぐみんの頰《ほお》を引っ張っていた俺の言葉を聞いて、アクアがふいっと目を逸らす。

…………。

「お前かああああああああ！」

「わああああああーっ！　だってだって、あのデュラハンにろくなクエスト請《う》けられない腹いせがしたかったんだもの！　私はあいつのせいで、毎日毎日店長に叱《しか》られるはめになったのよ！」

バイト先で怒られるのはお前の仕事振《ぶ》りのせいだろうが。

逃《に》げようとするアクアの襟首《えりくび》を摑《つか》んでいると、デュラハンが言葉を続けた。

「この俺が真に頭にきているのは何も爆裂魔法の件だけではない！　貴様らには仲間を助けようという気は無いのか？　不当な理由で処刑《しょけい》され、怨念《おんねん》によりこうしてモンスター化する前は、これでも真っ当な騎士のつもりだった。その俺から言わせれば、仲間を庇って呪《のろ》いを受けた、騎士の鑑《かがみ》の様なあのクルセイダーを見捨てるなど……！」

デュラハンがそこまで言い掛けた時。

重い鎧をガチャガチャいわせ、ようやくやって来たダクネスが、俺の隣にそっと立つ。

デュラハンは、騎士の鑑などと褒《ほ》められ、赤い顔をして照れているダクネスと目が合った。

「……や、やあ……」

ダクネスが、申し訳なさそうにおずおずと、デュラハンに向けて片手を挙げて……。

「…………あ、あれえ――――っ!?」

それを見たデュラハンが素《す》っ頓狂《とんきょう》な声を上げた。

兜のせいでその表情は見えないが、多分、何で⁉　といった表情をしている事だろう。

「なになに？　ダクネスに呪いを掛けて一週間が経《た》ったのに、ピンピンしてるから驚《おどろ》いてるの？　このデュラハン、私達が呪いを解くために城に来るはずだと思って、ずっと私達を待ち続けてたの？　帰った後、あっさり呪い解かれちゃったとも知らずに？　プークスクス！　うけるんですけど！　ちょーうけるんですけど！」

アクアが心底楽しそうに、デュラハンを指差しクスクス笑う。

相変わらず表情は見えないが、プルプルと肩《かた》を震《ふる》わせるデュラハンの様子から、きっと激怒《げきど》しているのだろう。

しかし、アクアが呪いを解いてしまった以上、罠《わな》を張っていると分かりきっている、そんな危ない所にわざわざ行く理由が無い。

「……おい貴様。俺がその気になれば、この街の冒険者を一人残らず斬《き》り捨てて、街の住人を皆殺《みなごろ》しにする事だって出来るのだ。いつまでも見逃《みのが》して貰《もら》えると思うなよ？　疲《つか》れを知らぬこの俺の不死の体。お前達ひよっ子冒険者どもでは傷《きず》もつけられぬわ！」

アクアの挑発《ちょうはつ》に流石《さすが》に限界にきたのか、デュラハンが不穏《ふおん》な空気を滲《にじ》ませる。

だがデュラハンが何かをするより早く、アクアが右手を突《つ》き出し叫んでいた。

「見逃してあげる理由が無いのはこっちの方よ！　今回は逃がさないわよ。アンデッドの

くせにこんなに注目集めて生意気よ！　消えて無くなんなさいっ、『ターンアンデッド』！」

アクアが突き出した手の先から、白い光が放たれる。

だがアクアが魔法を放つのを見ても、デュラハンはまるで、そんな物は喰《く》らっても余裕《よゆう》だとでも言うかの様に、それを避《さ》けようともしない。

流石は魔王《まおう》の幹部、よほどの自信があるのだろう。

デュラハンの体に、アクアを中心に放たれた柔《やわ》らかい光が迫《せま》り……！

「魔王の幹部が、プリースト対策も無しに戦場に立つとでも思っているのか？　残念だったな。この俺を筆頭に、俺様率いる、このアンデッドナイトの軍団は、魔王様の加護により神聖魔法に対して強い抵抗《ていこう》をぎゃあああああああああああああー!!」

魔法を受けたデュラハンは、光を浴びた部分から、黒い煙《けむり》を吹《ふ》き上げさせている。

自信たっぷりだったデュラハンは、体のあちこちから黒い煙を立ち上らせ、身を震わせてふらつきながらも、持ち堪《こた》えた。

それを見て、アクアが叫ぶ。

「ね、ねえカズマ！　変よ、効いてないわ！」

いや、結構効いてた様に見えたんだが、ぎゃーって叫んでたし……。

デュラハンは、よろめきながら。

「ク、ククク……。説明は最後まで聞くものだ。この俺はベルディア。魔王軍幹部が一人、デュラハンのベルディアだ！　魔王様からの特別な加護を受けたこの鎧と、そして俺の力により、そこら辺のプリーストのターンアンデッドなど全く効かぬわ！　……効かぬのだが………。な、なあお前。お前は今何レベルなのだ？　本当に駆け出しか？　駆け出しが集まる所だろう、この街は？」

言いながら、デュラハンはアクアを見ている手の上の首を傾《かたむ》けた。

首を傾《かし》げる仕草だろうか。

「……まあいい。本来は、この街周辺に強い光が落ちて来ただのと、うちの占《うらな》い師《し》が騒《さわ》ぐから調査に来たのだが……。面倒《めんどう》だ、いっそこの街ごと無くしてしまえばいいか……」

ジャイ●ン並みに理不尽《りふじん》な事を言い出したベルディアは、左手に自らの首を抱え、空いた右手を高く掲《かか》げた。

「フン、わざわざこの俺が相手をしてやるまでもない。……さあ、お前達！　この俺をコケにしたこの連中に、地獄《じごく》というものを見せてやるがいい！」

「あっ！　あいつ、アクアの魔法が意外に効いてビビったんだぜきっと！　自分だけ安全な所に逃げて、部下を使って襲《おそ》うつもりだ！」

「ちちち、違うわ！　最初からそのつもりだったのだ！　魔王の幹部がそんなヘタレな訳がなかろう！　いきなりボスが戦ってどうする、まずは雑魚《ざこ》を片づけてからボスの前に立つ。これが昔からの伝統と……」

「『セイクリッド・ターンアンデッド』ー！」

「ひあああああああああああー！」

何か言い掛けていたベルディアが、アクアに魔法をかけられ悲鳴を上げた。

ベルディアの足元には白い魔法陣《まほうじん》が浮《う》かび上がり、そこから天に向かって突き上げる様な光が立ち上っていた。

ベルディアは鎧のあちこちから黒い煙を吐《は》き出して、まるで体についた火でも消すかの様に、地面をゴロゴロと転げ回っている。

アクアが慌《あわ》てた様子で、

「ど、どうしようカズマ！　やっぱりおかしいわ！　あいつ、私の魔法がちっとも効かないの！」

ひあーって言ってたし、凄《すご》く効いてる気がするが。

いや、本来のターンアンデッドは、一撃《いちげき》でアンデッドを消滅《しょうめつ》させてしまうのだろう。

それが……。

「こ、この……っ！　セリフはちゃんと言わせるものだ！　ええい、もういい！　おい、お前ら……！」

ベルディアは、あちこちから黒い煙を吹きながらも、ゆらりと立って右手を掲げ……。

「街の連中を。……皆殺しにせよ！」

その右手を振《ふ》り下ろした！

2

アンデッドナイト。

それは、ゾンビの上位互換《ごかん》モンスター。

ボロボロとはいえ、鎧をしっかりと着込んだそいつらは、駆《か》け出し冒険《ぼうけん》者にとって十分な脅威《きょうい》となる。

「おわーっ!?　プリーストを！　プリーストを呼べー！」

「誰かエリス教の教会行って、聖水ありったけ貰って来てくれえええ！」

あちこちから、そんな切羽《せっぱ》詰まった冒険者の叫《さけ》びが響《ひび》く中、アンデッドナイト達が街中

へと侵入《しんにゅう》して来た。

それらを何とか迎《むか》え撃とうとする冒険者達。

そして、それらをあざ笑うかの様なベルディアの哄笑《こうしょう》が……！

「クハハハハ、さあ、お前達の絶望の叫びをこの俺に……。……俺……に……？」

……哄笑が響く中。

「わ、わあああああーっ！　なんで私ばっかり狙《ねら》われるの!?　私、女神《めがみ》なのに！　神様だから、日頃《ひごろ》の行いも良い筈《はず》なのに！」

「ああっ!?　ずっ、ずるいっ！　私は本当に日頃の行いは良い筈なのに、どうしてアクアの所にばかりアンデッドナイトが……っ！」

ちっとも神様っぽくない事を叫ぶアクアと、羨《うらや》ましそうに、どうしようもない事を叫ぶダクネス。

アンデッドナイト達は街の住人に手を出すでもなく、なぜかひたすらにアクアだけを追い掛《か》け回していた。

「こっ、こらっお前達！　そんなプリースト一人にかまけてないで、他《ほか》の冒険者や街の住人を血祭りに……！」

それを見たベルディアが、焦《あせ》った声を上げている。

意志を持たない迷える下級アンデッド達は、本能的に女神であるアクアに救いを求め、集まって行ってしまうのだろうか。

なぜアクアがアンデッドに追い回されているのかは分からないが、今がチャンスだ！

「おいめぐみん、あのアンデッドナイトの群れに、爆裂魔法《ばくれつまほう》を撃《う》ち込めないか!?」

「ええっ！　街中ですし、ああもまとまりがないと、撃ち漏《も》らしてしまいますが……！」

と、その時。

「わあああ、カズマさーん！　カズマさーん!!」

アクアが、アンデッドナイトの大群を引き連れて、俺を目指して駆けて来た。

ちょっ……！

「このバカッ！　おい止《や》めろ、こっち来んな！　向こうへ行ったら今日の晩飯奢《おご》ってやるから！」

「私が奢るから、このアンデッドをなんとかしてぇ！　このアンデッド達おかしいの！　ターンアンデッドでも消し去れないの！」

畜生《ちくしょう》、ベルディアが言っていた、魔王の加護ってやつか……っ！

いや待て、ちょっと待てよ……？

「めぐみん、街の外で魔法唱えて待機してろー！」

「ええっ？　……りょ、了解《りょうかい》です！」

めぐみんに一言叫び、俺はアクアに追い掛けられながら街の外へ。

それもわざと、アンデッドナイトと戦闘《せんとう》している冒険者の近くを通り過ぎ、できるだけ多くのアンデッドナイトをアクアに擦《なす》り付けていく様に……。


そして……！


「カズマさーん！　なんか、なんか私の後ろに！　街中のアンデッドナイトがついて来てるんですけどー！」

振り返ると、アクアの後ろにはアンデッドナイトの大群が。

俺とアクアが街を出て、それに続いてアンデッドナイトが街を出た、その瞬間《しゅんかん》。

「めぐみん、やれーっ！」

俺の合図にめぐみんが、杖《つえ》を構え、紅い瞳《ひとみ》を輝《かがや》かせた。

「何という絶好のシチュエーション！　感謝します、深く感謝しますよカズマ！　……我が名はめぐみん！　紅魔族随一《ずいいち》の魔法の使い手にして、爆裂魔法を操《あやつ》りし者！　魔王の幹部、ベルディアよ！　我が力、見るがいい！　『エクスプロージョン』――――ッ！」

めぐみん会心の爆裂魔法が、アンデッドナイトの群れのど真ん中に炸裂《さくれつ》した！

3

街の正門の真ん前に巨大《きよだい》なクレーターを作り上げ、アンデッドナイトを一体残らず消し飛ばした爆裂魔法。

誰《だれ》もがその魔法の威力《いりよく》にシンと静まり返る中。

「クックックッ……。我が爆裂魔法の威力を目《ま》の当たりにし、誰一人として声も出せない様ですね……。ふああ……。口上といい、凄く……気持ち良かったです……」

そんな、勝ち誇《ほこ》っためぐみんの声が聞こえてきた。

「……おんぶはいるか？」

「あ、お願い致《いた》します」

ちょっと離《はな》れた所の地面から。

そこには、魔力《まりよく》を使い果たしてうつ伏《ぶ》せに倒《たお》れているめぐみん。

そのめぐみんを抱《だ》きかかえ、自分の背中に背負い込んだ。

「口の中が……、口の中がじゃりじゃりする……！」

一番アンデッドナイトの近くにいたアクアが半泣きでぺっぺっと口の中の砂を吐きながら、俺の方に歩いて来た。

爆裂魔法の余波で地面を転がされたらしい。

未《いま》だもうもうと爆煙《ばくえん》が上がる中、街中の冒険者から歓声《かんせい》が沸《わ》き上がる。

「うおおおおおおお！　やるじゃねーか、頭のおかしい子！」

「頭のおかしい紅魔の子がやりやがったぞ！」

「名前と頭がおかしいだけで、やる時はちゃんとやるじゃないか、見直したぜ！」

街から聞こえてくる歓声に、めぐみんが俺の背中でもぞもぞ動いた。

「すいません。ちょっとあの人達に爆裂魔法ぶっ放したいので、近くまで連れてってください」

「もう魔力は使い果たしてるだろうが。今日は大仕事したんだ、自信持って胸張って休んどけよ。……ご苦労さん」

その言葉にめぐみんが、安心した様にしがみつく。

当然、背中に柔《やわ》らかい物が……。

物……が………？

……一応胸張ってくっついてる様だが、それらしい感触《かんしょく》が何も……。

……まあ、ロリっ子だし、しょうがないか。

「紅魔族は知能が凄く高いのです」

めぐみんが、突然《とつぜん》俺の背中でそんな事を言い出した。

「……今、カズマが何を考えているのか当ててあげましょうか」

「……めぐみんて、着痩《きや》せするタイプなんだなーって思ってた」

分かり易《やす》いお世辞に、めぐみんが俺の首を絞《し》めようとしてくる。

そして街の入り口では、ベルディアが、そんな俺達をじっと見ていた。

正確には、俺の背中のめぐみんを。

やがて、ベルディアが肩《かた》を震《ふる》わせ始める。

配下のアンデッド達を全滅《ぜんめつ》させられ、怒《おこ》っているのだろうか。

…………いや。

「クハハハハ！　面白《おもしろ》い！　面白いぞ！　まさかこの駆け出しの街で、本当に配下を全滅させられるとは思わなかった！　よし、では約束通り！」

……おい、ちょっと待てよ。

おい、待て！

「この俺自ら、貴様らの相手をしてやろう！」

街の入り口にいたベルディアが、大剣《たいけん》を構えてこちらへと駆け出した！

4

ベルディアが、俺達のもとへ着くより早く。

多数の冒険者達が武器を手に、狙われた俺達を援護《えんご》する様に、ベルディアをジリジリと遠巻きに取り囲んでいく。

それを見たベルディアが、片手に頭を、片手に剣を持ちながら、愉快《ゆかい》そうに肩をすくめて……。

「……ほーう？　俺の一番の狙いはそこにいる連中なのだが……。……クク、万が一にもこの俺を討《う》ち取る事が出来れば、さぞかし大層な報酬《ほうしゅう》が貰《もら》えるだろうな。……さあ、一獲千金《いっかくせんきん》を夢見る駆け出し冒険者達よ。まとめてかかってくるがいい！」

一獲千金というその言葉に、包囲を狭《せば》めていた冒険者達が色めき立つ。

そして、一人の戦士風の男が……、

「おい、どんなに強くても後ろに目は付いちゃいねえ！　囲んで同時に襲《おそ》いかかるぞ！」

ベルディアの横手から、周りの冒険者《ぼうけんしゃ》に向けて叫んだ。

何という死亡フラグ。

「おい、相手は魔王軍《まおうぐん》の幹部だぞ、そんな単純な手で簡単に倒せる訳ねーだろ！」

俺は噛《か》ませ犬みたいなセリフを言った戦士風の男に警告する。

それと同時に、俺もそいつらの援護をするべく剣を……。

………いや、よく考えろ、超低《ちょうてい》レベルの俺が斬《き》りかかったところで結果は見えてる。

何より、今は背中のめぐみんを安全な場所に運んで……。

……運んで、それから？

めぐみんはもう魔力が無い。

アクアの魔法も致命打にはならない。

……このまま皆《みな》で逃《に》げてしまった方がいいんじゃないか？

俺がそんな事を考えていると、ベルディアを囲んでいた戦士風の男が、今まさに襲いかかろうと……！

「時間稼《かせ》ぎが出来れば十分だ！　緊急《きんきゅう》の放送を聞いて、すぐにこの街の切り札がやって来るさ！　あいつが来れば、魔王軍の幹部だろうがてめえは終《しま》いだ！　おいお前ら、一度にかかれば死角ができる！　四方向からやっちまえ！」

そんな叫びと共に襲いかかろうとする男を前に、ベルディアは片手に持っていた自分の首を、空高くへと放《ほう》り投げた。

……この街の切り札？

あいつって誰だろう、この街で有名な腕利《うでき》き冒険者だろうか？

そんな事を考えている間に、投げられたベルディアの首は、顔の正面を地上へと向けながら宙を舞《ま》う。

それを見た瞬間に、ぞくりとした。

俺だけではなく、周囲で見ていた冒険者達も気がついたらしい。

「止めろ！　行くな……」

名も知らない冒険者達を止めようと声を上げるが……。

ベルディアは一斉《いっせい》に斬りかかってくる冒険者達の攻撃《こうげき》を、まるで背中に目が付いているかの様に身を躱《かわ》す。

「えっ？」

それは、斬りかかった冒険者の声。

一体どの冒険者が言ったのだろう。
アッサリと全《すべ》ての攻撃を躱してみせたベルディアは、片手で握《にぎ》っていた大剣を両手で握り直し……。

ベルディアは、斬りかかってきた冒険者達全員を、瞬《また》く間に斬り捨てた。

少し前まで生きていた人が、目の前であっさり命を落とす。
その理不尽《りふじん》さに、俺はこの世界の現実を思い知る。
ドシャリと音を立てて崩《くず》れ落ちる男達。
ベルディアは満足そうにその音を聞くと、片手を上に向けた。
その手の平の上にベルディアの首が落ちてくる。
その一連の動きは何でもない事だったかの様に、ベルディアは気楽に言った。
「次は誰だ？」
その言葉に、居合わせた冒険者達が怯《ひる》む中。
一人の女の子が叫《さけ》びを上げた。

「あ、あんたなんか……！　あんたなんか、今にミツルギさんが来たら一撃《いちげき》で斬られちゃうんだから！」

……えっ。

俺は思わず脳が止まる。

ミツルギって、俺が魔剣《まけん》を取り上げて売り払《はら》った……。

「おう、少しだけ持ち堪《こた》えるぞ！　あの魔剣使いの兄ちゃんが来れば、きっと魔王の幹部だって……！」

「ベルディアとか言ったな？　いるんだぜ、この街にも！　高レベルで、凄腕《すごうで》の冒険者がよ！」

……ヤバイ、マジヤバイ。

俺は真っ青になりながらアクアの方を見ると、先ほどまでそこにいた筈《はず》のアクアの姿は無く。

この中で唯一《ゆいいつ》、ミツルギ以外で切り札になりそうな力を持つアクアは、冒険者達と対峙《たいじ》するベルディアに目もくれず、斬られた冒険者達の死体の傍《そば》へと近寄り、一体なんのつもりか、ぺたぺたと死体を触《さわ》っていた。

女神《めがみ》なりに、死者の冥福《めいふく》でも祈《いの》るつもりだろうか。

頑丈《がんじょう》な鎧《よろい》を着た冒険者達があっさりと斬り殺されたのを見て、悠然《ゆうぜん》と立つベルディアの前には、もはや誰《だれ》も立ち向かおうとは…………。

「……ほう？　次はお前が俺の相手をするのか？」

ベルディアは、左手に首を、右手に大剣を握りながら。

俺とめぐみんを庇《かば》う形でベルディアの前に立ち塞《ふさ》がったダクネスへ、面白そうに手の上の首を突《つ》き出した。

自らの大剣を正眼に構え、背に俺達を庇うダクネスのその姿は、もはや変態などではなく、どこに出しても恥《は》ずかしくないクルセイダーだ。

ベルディアは、アクアやめぐみんの力を目の当《ま》たりにし、恐《おそ》らくダクネスにも何かあると警戒《けいかい》しているのだろう。

ベルディアが、ダクネスと対峙したまま動かなくなった。

ダクネスの重厚《じゅうこう》な白い鎧が、陽《ひ》の光を浴びて、ベルディアの黒い鎧と相反する様に輝《かがや》いている。

ベルディアに襲いかかった冒険者達も鎧は着ていた。

だが、この魔王軍の幹部は着ている鎧ごと斬り裂《さ》いたのだ。

日頃《ひごろ》、誰よりも硬《かた》いと自信満々に言い張るダクネスは、ベルディアの攻撃に耐《た》えられるものなのだろうか。

俺がダクネスを止めるべきか止めないべきかを悩《なや》んでいると、それを察したダクネスが自信有り気に言い放つ。

「安心しろカズマ。私は頑丈さでは誰にも負けない。それに、スキルは所持している武器や鎧にも効果があるんだ。ベルディアの剣は、確かに良い物だろう。だが、それだけで金属鎧が、紙を裂く様に斬れる訳が無いだろう？　先ほど斬られた冒険者を見る限り、ベルディアは強力な攻撃スキル持ちだ。私の防御《ぼうぎょ》スキルとどちらが上か、勝負してやる！」

今日のダクネスは珍《めずら》しく攻撃的だ。

だが、防御は出来ても、お前の場合攻撃が当たらないだろうに。

「止《や》めとけよ。あいつ、攻撃だけじゃなく回避《かいひ》も凄《すご》かっただろ？　あれだけの冒険者が斬りかかっても当たらなかったものを、不器用なお前が当てられる訳がないだろ」

俺の言葉にダクネスは、じっとベルディアと対峙したまま。

「……聖騎士《きし》として……。……守る事を生業《なりわい》とする者として。どうしても譲《ゆず》れない物があ

る。やらせて欲しい」

何の事だかは知らないが、ダクネスなりの譲れない理由でもあるのだろうか。

俺が何も言えないでいると、ダクネスは大剣を正眼に構え、ベルディアに向かって駆《か》け出した！

「ほう！　来るのか！　首無し騎士として、相手が聖騎士とは是非《ぜひ》も無し。よし、やろうかっ！」

ベルディアがそれを迎《むか》え撃《う》つ。

ダクネスが両手で握る大剣を見て、受け止めるのを嫌《いや》がったのか、ベルディアは身を低く落とし、回避の構えを見せている。

そのベルディアに、ダクネスは体ごと叩《たた》きつけるように大剣を……！

……距離《きょり》の目測を見誤ったのか、ベルディアの足先数センチほど前の地面に叩きつけた。

「…………は？」

ベルディアが、気の抜《ぬ》けた声を上げる。

そのまま呆然《ぼうぜん》とダクネスを見ているが、同じ様な視線で他《ほか》の冒険者達もダクネスを眺《なが》めていた。

……やだもう、動かない相手ですら外すなんて恥ずかしいっ！

この子、俺の仲間なんですけど！

素人《しろうと》が刀を思い切り振《ふ》ると自分の足を斬りつける事があるとか、そんな話は聞いた事はあるが、これは流石《さすが》に……。

的を外したダクネスは、当たらないのはいつもの事だと言わんばかりに、一歩前へと踏《ふ》み出し、今度は大剣《たいけん》を横に払う。

あれだけ格好つけた後で外したのは恥ずかしかったのか、ほんのりと頬《ほお》を赤くしながら。

これは当たる角度だったのか、ベルディアが身を更《さら》に低くし、ひょいとかわした。

「なんたる期待外れだ。もういい。……さて……」

ベルディアがつまらない者を相手にしたとでも言いたげな口調で、袈裟懸《けさが》けに、ダクネスに対して無造作に剣を一閃《いっせん》させた。

「さて、次の……相手………。……は？」

確実に討《う》ち取ったという自信があったのだろう。

だがベルディアの剣は、耳障《みみざわ》りな音と共にダクネスの鎧の表面を派手に引っ掻《か》いただけだった。

ダクネスが、一旦《いったん》ベルディアから距離を取り。

「ああっ!? わ、私の新調した鎧がっ!?」

鎧に出来た大きな傷を悲しげに見つめた後、キッとベルディアを睨《にら》みつける。

鎧の傷は大きいものの、ダクネスの身体《からだ》に届くような傷では無い。

つまり……。

「な、何だ貴様は……？　俺の剣を受けて、なぜ斬《き》れない……？　その鎧が相当な業物《わざもの》なのか？　……いや、それにしても……。先ほどのアークプリーストといい、爆裂魔法《ばくれつまほう》を放つアークウィザードといい、お前らは……」

何かブツブツ言い出したベルディアの隙《すき》をつき、俺は他の冒険者《ぼうけん》の間に紛《まぎ》れ込む。

そして、背負っていためぐみんを他の冒険者に預けると、

「ダクネス！　お前ならそいつの攻撃に耐えられる！　攻撃は任せとけ、援護《えんご》してやる！」

俺の言葉にダクネスが、目はベルディアに向けたまま頷《うなず》いた。

「任せた！　だが、私にもこいつに一太刀《ひとたち》浴びせる機会を作ってくれ。頼《たの》む！」

俺はダクネスの頼みに分かったとだけ叫び、ベルディアから離《はな》れ、近くにいた冒険者に呼びかけた。

「魔法使《まほうつか》いのみなさーん!!」

俺の呼びかけに、自分の仕事を思い出した魔法使い達が次々と魔法の準備を始め、他の

冒険者達も自分に出来る事が無いかと動き出した。

これは魔王《まおう》の幹部との戦争だ。

冒険者の街に敵の大物がノコノコとやって来ているのだ、無事に帰してやる理由が無い。

と、ベルディアが地に剣を突き立て、開いた右手で、魔法を唱えだした魔法使い達を次々と指す。

「お前らまとめて、一週間後にィイイ！　死にさらせェエ!!」

ベルディアが、魔法を詠唱《えいしょう》していた魔法使い達にまとめて死の宣告の呪《のろ》いをかけた。

自分が死の宣告を受けた事実に、魔法使い達がうろたえ、次々と詠唱を止めてしまう。

参戦しようとしていた他の魔法使いは、死の宣告を受けた同業者の姿を見て、顔を引きつらせながら魔法を唱えるのを躊躇《ちゅうちょ》した。

クソデュラハンめ、嫌らしい手を使いやがって！

「よし、今度は本気で試《ため》してみようか！」

ベルディアが、叫《さけ》ぶと同時に再び自分の首を空高く放《ほう》り投げた。

……あの首、弓使いの人に頼んで撃ち落として貰《もら》えないだろうか。

俺がそんな事を考えていると、ベルディアは両手で大剣を握《にぎ》り直し、ダクネスへと襲《おそ》いかかった！

兜《かぶと》の顔の部分は、またもや下を向いた状態で投げられている。

宙に放り投げた首で、空から戦場全体を見渡《みわた》しているのだろう。

あれをされると、ベルディアには死角も無くなり、剣を振るえば相手がどこへ躱《かわ》すかも簡単に予想がついてしまう。

「カ、カズマ！　ダクネスが……！」

後ろからめぐみんの悲鳴が上がった。

この場には、街の殆《ほとん》どの冒険者が集まっている。

見覚えのあるあの人も、モンスターの弱点を教えてくれたあいつも。

弓を手にしながら、ベルディアと対峙するダクネスに当たったらどうしようかと攻《せ》めあぐねている、ネロイドって飲み物があると教えてくれたあの子。

槍《やり》を手に、ベルディアの背後に回り込もうとしている、ギルドで、酒も飲めないのかと

俺をからかったあのおっさんも。

ダクネスが崩《くず》れれば、ベルディアは気まぐれに、本当にこの場の全員を皆殺《みなごろ》しにするかもしれない。

それが分かっているからなのか、襲いかかるベルディアに、ダクネスは正眼に構えていた幅広《はばびろ》の大剣をくるりと返し、剣の腹を前に出し、盾《たて》にでもするかの様に一歩も退《ひ》かず、掲《かか》げ立つ。

兜を着けていない頭以外は好きに攻撃《こうげき》しろとでも言わんばかりに。

「ほう、潔《いさぎよ》し！　これで、どうだっ!?」

ベルディアが両手でしっかりと大剣を構える。そして、魔王の幹部の常人離《ばな》れした無数の斬撃《ざんげき》が、ダクネスに向けて放たれた。

一つ、二つ、三つ、四つ……！

斬りつける斬撃はあっという間に二桁《ふたけた》を超《こ》え、その度《たび》に、金属を引っかく不愉快《ふゆかい》な音と共に、ダクネスの鎧に無数の刀傷が刻まれる。

並の冒険者なら細切れにされてもおかしくない斬撃に、ダクネスは微動《びどう》だにせず立ち塞がった。

剣に触《ふ》れたダクネスの長い金髪《きんぱつ》が、数本ほど宙に舞《ま》う。

ベルディアは強烈《きょうれつ》な連続攻撃を一旦止めて、空から落ちてきた首を片手で受け止め、
ほお……と、ダクネスのタフさに感心した後、今度は片手で剣を振るう。
耐えるダクネスの姿を見ていた魔法使い達が。
ショックで青い顔で立ち尽《つ》くしていた連中が……。
意を決した様に、再び魔法を唱え始めた。

……と、俺の頬に温かい何かがピッとかかる。


手の甲《こう》で拭《ぬぐ》ったそれは………。

「おいダクネス、お前手傷負わされてるのか！　もういい下がれ！　冒険者全員で、バラバラに走って逃《に》げて、ひとまず対策を練り直すぞ！」

見ればダクネスは、頬や鎧《よろい》の切れ目から、所々血を流していた。

そんなダクネスへ呼びかけるが、ダクネスは下がらない。

「クルセイダーは、背に誰《だれ》かを庇《かば》っている状況《じょうきょう》では下がれない！　これぱっかりは絶対に！　そ、それにだっ！」

格好いい事を言いながら、ダクネスは頬を赤くし、必死の抵抗《ていこう》を続け……！

「それにっ！　こ、このデュラハンはやり手だぞっ！　こやつ、先ほどから私の鎧を少しずつ削《けず》り取るのだ……！　全裸《ぜんら》に剝《む》くのではなく中途半端《ちゅうとはんぱ》に一部だけ鎧を残し、私をこの公衆の面前で、裸《はだか》より扇情《せんじょう》的な姿にして辱《はずかし》めようと……っ！」

「えっ!?」

ダクネスの言葉に一瞬《いっしゅん》手を止め、ちょっとひくベルディアに、俺は手に魔力《まりょく》を込めながら、こんな時でもブレない本物の変態を罵倒《ばとう》する。

「時と場合ぐらい考えろ、この筋金入りのド変態が!!」

俺の罵声《ばせい》にダクネスがビクンと震《ふる》え、

「くう……！　カ、カズマこそ時と場合を考えろっ！　公衆の面前でデュラハンに痛めつけられているだけでも精一杯《せいいっぱい》なのに、これでカズマまでもが私を罵倒したら……っ！　お、お前とこのデュラハンは、一体二人がかりでこの私をどうするつもりだっ！」

「ええっ!?」

「どうもしねーよド変態！　『クリエイト・ウォーター』ッ！」

ツッコミも兼《か》ねてダクネスに放った水魔法。

俺の叫びとともに、ダクネスとベルディアの頭上に突然《とつぜん》水が現れた。

バケツをひっくり返した様な勢いで、大量の水が二人にぶち撒《ま》けられる。

ダクネスは頭から盛大に水を被《かぶ》り、そしてベルディアは、大慌《おおあわ》てでぶち撒けられる水から飛び退《の》いた。


……………？


何でベルディアは、あんなに慌《あわ》てて……？

……と、頭から水を被ったダクネスが、ほんのりと顔を火照《ほて》らせて呟《つぶや》いた。

「……不意打ちで突然こんな仕打ちとは……。や、やってくれるなカズマ、こういうのは嫌《きら》いじゃない。嫌いじゃないが、本当に時と場合を考えて欲しい……」

「ち、違《ちが》う、これは妙《みょう》なプレイじゃない！　これは、こうするんだよっ！　『フリーズ』！」

続け様に唱えるのは、水を凍《こお》らせるだけの初級魔法。

これだけでは何の効果も無い魔法だが……。

「!?　ほう、足場を凍らせての足止めか……！　なるほど、俺の強みが回避《かいひ》だけだと思っ

ているな？　だが……！」

足元の地面を凍らされたベルディアが、何かを言うより早く、俺は本命のスキルを。

……そう、先ほどミツルギに使った、今の俺の最大の武器！

「回避し辛《づら》くなればそれで十分だ！　お前の持つ武器を貰うぞ、喰《く》らえ『スティール』ッッッ！」

相手の持つ物をランダムに取り上げるスキル、スティールを炸裂《さくれつ》させた。

この世界には魔法やスキルという物がある。

それらは体力とは別の、誰にでも備わっている、魔力というものを使って使用する。

アクアいわく。

使い方を忘れているだけで、地球でも、昔は魔法を使う人がたくさんいたのだそうだ。

魔力を込めれば込めるほど、スキルや魔法は威力《いりょく》を増加させ、成功率を高めるのだ。

ベルディアの隙を作り、まず避《さ》けられない、最高のタイミングで放った俺の会心のスティールは…………！

「……悪くはない手だったな。それなりに自信があったのだろうが、俺は仮にも魔王の幹

部。レベル差というヤツだ。もう少しお前との力の差が無ければ、危なかったのかもしれないが」

……魔王の幹部、ベルディアには、何の効果も及《およ》ぼさなかった。

ベルディアが、俺を指差す。

……参ったな、流石《さすが》は高レベルの魔王の幹部。俺のスティールぐらいでは……。

……と、ベルディアが、俺に呪いを掛《か》けるより早く。

「私の仲間に手を出すな！」

普段《ふだん》はクールなダクネスが、珍《めずら》しく感情を表に出して、叫ぶと同時、当たらない重い大《たい》剣《けん》を投げ捨てて、ベルディアに向かって肩口《かたぐち》から体当たりした。

だがベルディアは、凍った足場にもかかわらずそれすらも易々《やすやす》と身をかわし、余裕《よゆう》たっぷりに大剣を握り締《し》める。

ダクネスは飛びかかるために、重い剣を投げてしまった。

つまり、ベルディアの剣から身を守る物が無い。

気が付くと、俺は周りに叫んでいた。

「盗賊《とうぞく》、頼《たの》むー！　万に一つ、こいつから剣を奪《うば》っちまえば俺達の勝ちだ！　スティール使える奴《やつ》は協力してくれっ！」

もしかしたら、俺よりもレベルが高く、運が強い奴がいるかも知れない。

いつの間にか潜伏《せんぷく》スキルで近寄って来ていた盗賊達が、俺の呼びかけに、そこかしこから姿を現した。

「「「『スティール』ッ！」」」

だが、次々と仕掛《しか》けられるスティールは効果を見せず。

ベルディアは、もはや群がる俺達を気にする様子もなく、無防備になったダクネスへと剣を構え……、そして、持っていた自分の首を再び高々と放《ほう》り上げた。

「「ああっ!?」」

それを見た冒険《ぼうけん》者達から悲鳴が上がる。

ベルディアが首を投げた後は、両手を使っての、あの凄《すさ》まじい連撃が始まるからだ。

「……くっ……！」

それを見たダクネスが、小さく呻《うめ》く。

やばいやばいやばいやばいやばい！

こんな時どうすればいい!?

俺には特殊《とくしゅ》な力も無ければ秘《ひ》められた才能も無い。

人に胸を張って誇《ほこ》れるようなものも無ければ、こんな場面で役立つ技術も無い。

あるのは人より恵《めぐ》まれた運の良さ。

後は、子供の頃《ころ》から培《つちか》ってきたゲームの知識。

毎日ゲームにハマって怠《なま》けていたツケが、こんなところで回ってきた。

大喜びで渡《わた》って来たこの異世界で、このまま何も出来ずに終わるのか？

「ダクネスが！　カズマ、ダクネスが！」

俺の後ろでめぐみんが悲痛に叫《さけ》ぶ。

思い出せ！　相手はデュラハンだ、ロールプレイングゲームでは何が弱点だった？

俺の取り柄《え》と言ったら、ネットゲームの対人戦で、相手が嫌《いや》がる攻撃方法を即座《そくざ》に見抜《みぬ》く事ぐらいだ。

あいつをよく観察しろ。

……何であいつは、俺の出した水を大袈裟《おおげさ》に避けた？

…………。

……流れる水。

それは、メジャーアンデッドモンスター、ヴァンパイアも苦手とする物。

なら、あのデュラハンは？

「なかなかに楽しめたよクルセイダー！　元騎士《きし》として、貴公と手合わせ出来た事に魔王《まおう》様と邪神《じゃしん》に感謝を捧《ささ》げよう！　さあ、これで……！」

「『クリエイト・ウォーター』ッッッ！」

「!?」

正に今、ダクネスに斬《き》りかかろうとしたベルディアは……。

ダクネスに突《つ》っ込む事はせず、その場に足を止め。

結局、攻撃《こうげき》する事無く落ちてきた自分の首を受け止めた。

「…………カズマ、その……。私は今、結構真面目《まじめ》に戦っているのだが……」

代わりに、更《さら》にずぶ濡《ぬ》れにされたダクネスが恨《うら》めしげに言ってくる。

本来なら謝る場面だが、今はそれどころじゃない。

俺は大声で叫びを上げた。

「水だあああああーっ！」

5

『クリエイト・ウォーター』！　『クリエイト・ウォーター』！　『クリエイト・ウォーター』ッッッッ！」

「くぬっ！　おおっ？　っとっ！」

俺を筆頭に、そこかしこの魔法使《まほうつか》い達が魔法《まほう》を唱える。

頭上から次々と浴びせられる水を、ベルディアはこれでもかと躱《かわ》していた。

くそ、弱点っぽいのが分かったのに、そもそも攻撃が当たらない！

他《ほか》の魔法使い達にも焦《あせ》りが見える。

このままでは、ベルディアに一矢報《いっしむく》いる前に皆《みな》の魔力が尽《つ》きそうだ。

と、そんな中。

「ねえ、一体何の騒《さわ》ぎなの？　なんで魔王の幹部と水遊びなんてやってるの？　この私が

珍しく働いてる間に、カズマったら何を遊んでいるの？　バカなの？」

こいつ、引っ叩《ぱた》いてやろうか。

必死で水魔法を唱える俺に、今の今までどこかに行っていたアクアが、トコトコとこちらに歩きながらとぼけた事を言ってきた。

「水だよ水！　あいつは水が弱点なんだよ！　お前、仮にも一応はかろうじてとは言え、水の女神《めがみ》なんだろうが！　それともやっぱり、お前はなんちゃって女神なの？　水の一つも出せないのかよ!?」

「!?　あんた、そろそろ罰《ばつ》の一つも当てるわよ無礼者！　一応でもかろうじてでもなんちゃってでもなく、正真正銘《しょうしんしょうめい》の水の女神ですから！　水？　水ですって？　あんたの出す貧弱なものじゃなく、洪水《こうずい》クラスの水だって出せますから！　謝って！　水の女神様をなんちゃって女神って言った事、ちゃんと謝って！」

出せるのかよ！

いや、出せるのなら早くやれよ！

「後でいくらでも謝ってやるから、出せるんならとっとと出せよこの駄女神《だめがみ》が！」

「わあああーっ！　今、駄女神って言った！　あんた見てなさいよ、女神の本気を見せてやるから！」

売り言葉に買い言葉。

俺の言葉に、アクアが一歩前に出た。

そのアクアの周囲に、霧《きり》の様な物が漂《ただよ》い…………。

…………えっ？

「この雑魚《ざこ》どもめ、貴様らの出せる程度の水など、この俺には……？」

ベルディアが、ふとアクアを見て動きを止める。

アクアがこれからやろうとする事に、不穏《ふおん》な気配を感じたのだろう。

流石は魔王の幹部といった所だろうか。

というか、周囲にいる魔法を使える連中も、どこと無く不安気な様子でアクアを見ていた。

アクアが、そんな周囲の様子を気にも留めずぼそぼそと呟《つぶや》いた。

「この世に在る我が眷属《けんぞく》よ……」

アクアの周りに現れていた霧が、小さな水の玉となって辺りを漂う。

その小さな水の玉の一つ一つに、ギュッと魔力《まりょく》が凝縮《ぎょうしゅく》されているのが感じ取れる。

「水の女神、アクアが命ず……」

……嫌な予感がする。

辺りの空気がビリビリと震《ふる》える、この感じ。
この不穏な空気は、めぐみんが爆裂《ばくれつ》魔法を唱える時のものに似ている。
つまり、それぐらいにヤバそうな魔法が使われようとしているわけで……！
その不穏な空気は、対峙《たいじ》するベルディアも感じていたのだろう。
ベルディアは、躊躇《ちゅうちょ》する事も無く潔《いさぎよ》くアクアに背を向けて、素早《すばや》く逃《に》げようと……、
……したところに、ダクネスがその前に立ち塞《ふさ》がった！
アクアは両手を広げると。
「『セイクリッド・クリエイト・ウォーター』！」
水を生み出す魔法を唱えた。

6

確かに、アクアは言った。

洪水クラスの水だって出す事が出来ると。

「ちょっ……！　待っ………！」

「ぎゃー！　水、水があああー！」

目標としたベルディアを始め、周囲にいたダクネスや冒険者。そして、離《はな》れていた俺やめぐみん、魔法を唱えたアクアまでもが……。

「あぶ……！　ちょ、おぼ、溺《おぼ》れま……！」

「めぐみん、めぐみーん！　掴《つか》まってろ、流されるなよ！」

突如《とつじょ》出現した水に、その場の全《すべ》ての人が押し流された。

膨大《ぼうだい》な量のその水は、街の正門前に盛大な飛沫《ひまつ》を上げ、そして、街の中心部へと流れて行く。

やがて水が引いたその後には、地面にぐったりと倒《たお》れ込む冒険者達と、そして……。

「ちょ……、ちょ……っ、何を考えているのだ貴様……。ば、馬鹿《ばか》なのか？　大馬鹿なのか貴様は……!?」

同じく、ぐったりしていたベルディアが、ヨロヨロしながら立ち上がった。

ベルディアの意見に激しく同意したいが、今はそんな事を言っている場合でもない。

今がチャンスだ、この絶好の……、

「今がチャンスよ、この私の凄《すご》い活躍《かつやく》であいつが弱ってる、この絶好の機会に何とかなさいなカズマ！　早く行って。ほら、早く行って！」

こんのアマー！

こいつは後で、公衆の面前で泣くまでスティールで剝《む》いてやろうと心に決めると、俺はベルディアに片手を突き出し……！

「今度こそ、お前の武器を奪《うば》ってやるよ！　これでも喰《く》らえぇ！」

「やってみろ！　弱体化したとは言え、駆《か》け出し冒険《ぼうけん》者のスティールごときで俺の武器は盗《と》らせはせぬわ！」

俺と対峙したベルディアは、俺に向けて叫びながら、再度自らの首を空高く投げ、両手で大剣《たいけん》を構えて精一杯《せいいっぱい》の威厳《いげん》を放つ。

流石《さすが》は魔王の幹部の一人。弱っている筈《はず》なのに、こうして対峙するだけで足が震えてきそうになる。

そんな、魔王の幹部に……！

「『スティール』ッッ！」

俺は、全魔力を込めたスティールを炸裂《さくれつ》させた！

それと同時に、硬《かた》くて冷たい手応《てごた》えと共に、ずしりとした重さが両手に伝わった。

思わず、やったか？　と、フラグになる様な事を考えてしまう。

きっと、それがいけなかったのだろう。

「「ああ…………」」

周囲の冒険者達から失望の声が上がった。

ベルディアを見ると、剣を両手で握《にぎ》り締《し》めている。

そのまま、俺に向けてあの凄《すさ》まじい斬撃《ざんげき》を……。

……放つ事は無く、そのままぽつんと突っ立っていた。

…………………？

その場の皆が、何が起こったのか分からず、シンと静まり返っていると。

困った様な、恐《おそ》る恐るといった感じの、小さな声がした。

「あ、あの………」

それはベルディアの声だった。

ベルディアは、か細い声を震わせながら。

「あ、あの……。………首、返してもらえませんかね………？」

俺の両手の間で、ベルディアの頭が呟いた。

…………。

「おいお前ら、サッカーしよーぜ！　サッカーってのはなあああぁ！　手を使わず、足だけでボールを扱《あつか》う遊びだよおおお！」

俺は冒険者達の前に、ベルディアの頭を蹴《け》り込んだ！

「なああああ！　ちょ、おいっ、や、やめっ⁉」

蹴られて転がるベルディアの頭は、今まで焦《じ》れて待っていた冒険者達の格好のオモチャにされた。

「ひゃははは！　これおもしれー！」

「おい、こっちこっち！　こっちにもパース！」

「やめっ⁉　ちょ、いだだだ、やめえっ⁉」

頭を蹴られるベルディアの、体の方は片手に剣を握ったまま、前が見えずにうろたえている。

「おいダクネス。一太刀《ひとたち》食らわせたいんだろ？」

俺は落ちていた大剣を拾い上げ、ずぶ濡《ぬ》れで近寄ってくるダクネスに渡《わた》してやると、荒《あら》い息を吐《は》きながらあちこちから血と水を滴《したた》らせていたダクネスが、それを構えてベルディアの体の前にゆらりと立った。

その間に、俺はアクアにちょいちょいと手招きをする。

ダクネスは、大剣を大きく振《ふ》り上げ……！

羽衣《はごろも》の裾《すそ》を絞《しぼ》っていたアクアがそれに気づき、ばたばたとこちらに駆けて来る中。

「これはっ！　お前に殺された、私が世話になったあいつらの分だ！　何度も斬《き》りつけるつもりはない！　まとめて、受け取れえっ!!」

大剣を思い切り振《ふ》り下ろした。

「ぐはあっ!?」

遠くで蹴り転がされていたベルディアの頭が、人だかりの中からくぐもった声を上げた。

不器用ながらも力は強いダクネスの一撃《いちげき》は、ベルディアの黒い鎧《よろい》を打ち砕《くだ》き、胸元《むなもと》にざっくりと大きな傷を与《あた》える。

確か、ベルディアはこう言っていた。

魔王《まおう》様の加護を受けたこの鎧、と。

「おし。アクア、後は頼《たの》む」

た。

「任されたわ!」

鎧の一部が砕け、しかも水を浴びて弱体化中のベルディアへ、アクアの片手が向けられ
「『セイクリッド・ターンアンデッド』ー!」

「ちょ、待っ……! ぎゃあああああー!」

アクアの魔法《まほう》を受けたベルディアの悲鳴が、冒険者達の足元から聞こえる。

流石に今度のターンアンデッドは効いたみたいだ。

ベルディアの身体《からだ》が白い光に包まれて、やがて薄《うす》くなり、消えていく。

ベルディアの首も消えたのか、サッカーを楽しんでいた冒険者達がどよめいていた。

……こうして、何が目的でこの地にやって来たのかも明かす事無く、魔王の幹部はこんな所で浄化《じょうか》された。

7

勝利に沸《わ》く冒険者達の声を聞きながら、傷だらけのダクネスは、片膝《かたひざ》をつき、デュラハ

ンの体が消えた場所の前で、祈《いの》りを捧《ささ》げるポーズで目を閉じている。

そんなダクネスに、めぐみんが恐る恐る声をかけた。

「……ダクネス、何をしてるのですか？」

ダクネスは、目を閉じたまま、独白でもする様に答えた。

「……祈りを、捧げている。デュラハンは不条理な処刑《しょけい》で首を落とされた騎士《きし》が、恨《うら》みでアンデッド化するモンスターだ。こいつとて、モンスターになりたくてなった訳ではないだろう。自分で斬りつけておいて何だが、祈りぐらいはな……」

そうですか……と呟《つぶや》くめぐみんに、なおもダクネスは続ける。

「……腕相撲《うでずもう》勝負をして私に負けた腹いせに、私の事を鎧の中はガチムチの筋肉なんだぜと、バカな大嘘《おおうそ》を流してくれたセドル……。おいダクネス、暑いから団扇《うちわ》代わりにその大剣で扇《あお》いでくれ！　なんなら当ててもいいけど。当たるんならな！　……と、バカ笑いして私をからかったヘインズ。そして……。一日だけパーティーに入れて貰《もら》った時に、何であんたはモンスターの群れに突《つ》っ込んで行くんだと泣《な》き叫《さけ》んでいたガリル。……皆《みな》、あのデュラハンに斬られた連中だ。今思えば、ろくでもない連中ながらも、私は彼らを嫌《きら》ってはいなかったらしい………」

そのダクネスの言葉に、

「え、えっと……、そ、そうですか。それじゃ、続きは後で聞いてあげますから、とりあえず、ギルドに戻《もど》りましょうか」

慌《あわ》てて話題を切り上げようとする、めぐみんの言葉を聞いてか聞かずか。

ダクネスは目を閉じたまま、優《やさ》しげな声で呟いた。

「……あいつらに、もう一度会えるなら……。一度くらい、一緒《いっしょ》に酒でも飲みたかったな……」


「「「お……おう……」」」


目を閉じているダクネスの後ろから、戸惑《とまど》った様な声がかけられた。

ビクリと震《ふる》えるダクネスの背後で照れている三人の男達。

それは確かに、先ほどベルディアに斬られた筈の三人だった。

やがて一人の男が申し訳無さそうに……。

「そ、その……。わ、悪かったな色々と。お前さんが俺達に、そんな風に……」

「あ……、ああ。悪かったよ、腕相撲に負けたぐらいで変な噂《うわさ》立てちまって……。こ、今度奢《おご》るからよ……」

「剣が当たらない事、実は気にしてたのか？　その、わ、悪かったな……」

次々とかけられる三人の言葉に、祈りを捧げるポーズで目を閉じていたダクネスは小さく震え出し、頬《ほお》がみるみる赤くなる。

そこに弾《はず》んだ声で、空気を読まずにアクアが言った。

「ダクネス、任せて頂戴《ちょうだい》！　私ぐらいになれば、あんな死にたてホヤホヤの死体なんてちょちょいと蘇生《そせい》よ！　良かったね、これで一緒にお酒が飲めるじゃない！」

アクアには、悪気は無かったのだろう。

だがダクネスはその言葉に、背後に男達がいるとも知らずに続けた自分の独白を思い出し、涙目《なみだめ》になった赤い顔を両手で覆《おお》って座り込んだ。

「良かったじゃないか、みんなとまた会えて。ほら、飲みに行ってこいよ」

俺がほがらかにダクネスに声をかけると、ダクネスが両手で顔を覆ったまま呟いた。

「……死にたい……」

俺はそんなダクネスに。

「お前、常日頃《つねひごろ》から責められたがっていただろ。遠慮《えんりょ》するなよ、三日間ぐらいこの話を続けてやるから」

「こ、こ、この責めは、私の望むタイプの羞恥《しゅうち》責めとは違《ちが》うから……っ！」

ダクネスが、肩《かた》を震わせ呟いた。

エピローグ

ベルディア討伐《とうばつ》の翌日の事。
俺は今後の事を考えながら、一人、ギルドへと歩いていた。
俺に課せられたのは魔王《まおう》討伐だ。
だがそうなると、ベルディアみたいな強敵を、これからも相手にしなければならなくなる。

魔王討伐を成し遂《と》げ、願いを一つ、叶《かな》えて貰うか。
それとも討伐は諦《あきら》めて、この世界に安住の地を見つけるか。
……答えはもちろん決まっている。
最弱職に就《つ》いている俺が、これから先も、あんなに都合良く勝てる訳がない。
これからは、危ない事はせずにのんびり暮らそう。
日本の知識を生かして商売をするのだ。

安全な仕事をしつつ、たまには刺激《しげき》を求め、簡単なクエストをこなしたりして。

そんな今後の人生設計を考えながら、俺は冒険者《ぼうけんしゃ》ギルドの入り口に手をかけた。

ドアを開けるとむせ返るような臭《にお》いが鼻を突く。

人の熱気と酒の臭いが、俺が開けた入り口から外に向かって流れ出してくる。

魔王の幹部を討《う》ち取った記念に、冒険者達が昼間から宴会《えんかい》を開いているらしい。

「あっ！　ちょっとカズマ、遅《おそ》かったじゃないの！　もう既《すで》に、皆出来上がってるわよ！」

ギルドに足を踏《ふ》み入れた俺に、アクアが上機嫌《じょうきげん》で笑いかけてきた。

「ねえカズマ、お金受け取って来なさいよ！　もう、ギルド内の冒険者達の殆《ほとん》どは、魔王の幹部討伐の報奨《ほうしょう》金貰ったわよ。もちろん私も！　でも見ての通り、もう結構飲んじゃったんだけどね！」

何が嬉《うれ》しいのか、報酬《ほうしゅう》の入った袋《ふくろ》を開けて俺に見せて、たはー、と頭をぽりぽりとかきながら、アクアが実に楽しそうにケラケラと笑う。

こ、こいつも出来上がっていやがる。

この世界での飲酒に対する年齢《ねんれい》制限はどうなっているのだろう。

見れば、ギルド内の冒険者達も、殆どが歩く事も出来そうにない程《ほど》に、ぐでんぐでんだ。

酔《よ》っ払《ぱら》い達は放《ほう》っておき、俺はカウンターへと向かう。

そこには既に、ダクネスとめぐみんの姿があった。

「来たかカズマ。ほら、お前も報酬を受け取ってこい」

「待ってましたよカズマ。聞いてください、ダクネスが、私にはお酒は早いと、どケチな事を……」

「いや待て、ケチとは何だ、そうではなく……！」

二人がワイワイやっているので、俺は受付のお姉さんの前に立つ。

……と、見慣れた受付のお姉さんが、俺を見てなぜか微妙《びみょう》な表情を浮《う》かべた。

「ああ、その……。サトウカズマさん、ですね？　お待ちしておりました」

……？

受付のお姉さんの態度に、違和感《いわかん》を覚える。

「あの……。まずはそちらのお二方に報酬です」

お姉さんは、言って小さな袋をダクネスとめぐみんに手渡《てわた》した。

あれ、俺のは？

疑問に思っている俺に、お姉さんが。

「……あの……。ですね。実は、カズマさんのパーティーには特別報酬が出ています」

……!?

「え、何で俺達だけが？」

俺の疑問の言葉に、だれかの声が答えてくれた。

「おいおいＭＶＰ！　お前らがいなきゃ、デュラハンなんて倒《たお》せなかったんだからな！」

その声に、そうだそうだと騒《さわ》ぎ出す酔っ払い達。

こ、こいつら……。

この世界に来て苦労続きだった事で、不覚にもその優しさにジンときてしまった。

俺が四人を代表して、特別報酬を受け取る事に。

受付のお姉さんが、コホンと一つ咳払《せきばら》いし、そして……。

「えー。サトウカズマさんのパーティーには、魔王軍幹部ベルディアを見事討ち取った功績を称《たた》えて……。ここに、金三億エリスを与《あた》えます」

「「「「さっ⁉」」」」

俺達は、思わず絶句した。

それを聞いた冒険者達も、シンと静まり返る。

そして……。

「おいおい、三億ってなんだ、奢れよカズマー！」

「うひょー！　カズマ様、奢って奢ってー！」

冒険者達の奢れコール。

あっ、そうだ！

「おいダクネス、めぐみん！　お前らに一つ言っておく事がある！　俺は今後、冒険の回数が減ると思う！　大金が手に入った以上、のんびりと安全に暮らして行きたいからな！」

「おい待てっ！　強敵と戦えなくなるのはとても困るぞっ⁉　というか、魔王退治の話はどうなったのだ⁉」

「私も困りますよ、私はカズマに付いて行き、魔王を倒して最強の魔法使《まほうつか》いの称号《しょうごう》を得るのです！」

騒ぐ二人の言葉を搔《か》き消して、どんどん盛り上がっていくギルド内。

そんな中、申し訳無さそうな表情を浮かべる受付のお姉さんが、俺に一枚の紙を手渡《てわた》しした。

それは、ゼロが沢山《たくさん》並んだ紙。

この世界の小切手？

と、酔っ払ったアクアが上機嫌で俺の隣《となり》にやって来て、俺の手元の紙を横から覗《のぞ》き込む。

「ええと、ですね。今回、カズマさん一行の……、その、アクアさんの召喚《しょうかん》した大量の

水により、街の入り口付近の家々が一部流され、損壊《そんかい》し、洪水被害《こうずいひがい》が出ておりまして……。

……まあ、魔王軍幹部を倒した功績もあるし、全額弁償《べんしょう》とは言わないから、一部だけでも払《はら》ってくれ……と……」

受付のお姉さんはそう告げると、そっと目を逸《そ》らしてそそくさと奥に引っ込んで行く。

俺の手元の紙を見て、まずめぐみんが逃《に》げ出した。

次いで、逃げ出そうとするアクアの襟首《えりくび》を素早《すばや》く摑《つか》む。

俺達の雰囲気《ふんいき》で請求《せいきゅう》の額を察した冒険者達が、そっと目を逸らした。

請求を見ていたダクネスが、俺の肩にポンと手を置き……。

「報酬三億。……そして、弁償金額が三億四千万か。……カズマ。明日は、金になる強敵相手のクエストに行こう」

ダクネスはそんな事を言いながら、心底嬉しそうに良い笑顔《えがお》で笑いやがった。

……どうしようもない仲間と共に、この理不尽《りふじん》な世界で一生暮らす？

………俺はそっと目を閉じると、深く、魔王討伐を決意した。

このろくでもない世界から、脱出《だっしゅつ》するために！


〈了《りょう》〉

あとがき

まずは、この本を手に取って頂いた事にお礼を。

ありがとうございます、そして、初めまして。暁《あかつき》なつめと申します。

実は、「小説家になろう」というサイトにて連載《れんさい》をしていたこの作品なのですが、この度《たび》スニーカー文庫さんに声をかけて頂き、書籍《しょせき》化の運びとなりました。

ありがてえ、ありがてえ……！

まあ、そんな事情での当作品なので、既《すで》にこの先の展開の予想が付いてしまう読者様もいる事でしょう。

しかし作者的には、それでは困ります。常に読者様の予想の斜《なな》め上をいきたいのです。

という訳で書籍版は、ストーリー展開やその他諸々《もろもろ》が変わっていく事かと思います。

既に色々変更《へんこう》点もありますしね。

なので、どうせこの後こんな展開になるんだろ？　分かってる分かってると油断していると、ある日、ストーブで温めていた缶《かん》コーヒーが爆発《ばくはつ》し主人公が死亡。次の巻からは新

主人公でスタートとか、そんな超《ちょう》展開が待ち受けているかも知れません。……いえ、それは流石《さすが》にやりませんが。

――では、当作品について少し説明を。

この作品は、優《やさ》しくてクールでかっこいい主人公が大活躍《かつやく》するお話でも、一人の少年が誰《だれ》にも負けない努力を重ね、苦難の末に目的を果たすお話でもありません。

目の前で困っている人がいたら気分と状況《じょうきょう》次第《しだい》で助け、たまにはハメを外したりもするし、可愛《かわい》い彼女だって欲しいし、大金を手にすれば働きたくない。

そんなどこにでもいる人間臭《くさ》くも平凡《へいぼん》な主人公が、過酷《かこく》な異世界で理不尽《りふじん》な現実に抗《あらが》いながら、クセのあるヒロイン達を引き連れて頑張《がんば》る物語です。

選ばれし伝説のなんとかでもなければ、秘《ひ》められたあの力とかも無い、人より運が良い以外は特に取《と》り柄《え》もない主人公。

そんな少年が強敵を前に、逃《に》げたり戦ったりしながら成長していきます。

……いや、あんまり成長はしないかも知れません。

人間そう簡単に変われるものでもありませんしね。

でも、最後にはきっと何かをやってくれるでしょう。

——それでは、改めまして。

スニーカー文庫編集部の皆様《みなさま》、そして、校閲《こうえつ》さんに、営業さん、デザイナーさん。

素敵《すてき》なイラストを描《えが》いて頂いた三嶋《みしま》くろねさんに、そして、右も左も分からない作者が、多大な迷惑《めいわく》と苦労をかけてしまった担当Kさん。

この作品を世に出せたのは、皆様が、こんなに手のかかる作者を諦《あきら》めずにサポートしてくれたお陰《かげ》です。

本当に、本当に、ありがとうございます。

これ程《ほど》までに良くして頂いて、何て言ってよいものか分かりませんが、今後、もっともっと良い作品を書けるように精進致《しょうじんいた》します。

面白《おもしろ》い物を書く事が、一番の恩返しになると思いますので。

——そして最後に。

「小説家になろう」において作品を読んでくれた方、応援《おうえん》の声をかけて頂いた方々。

何より、この本を手に取って読んで頂いた読者の皆様に。深く感謝を！

暁　なつめ

カズマぁ…
女神様なのに
神聖さがまったく無い
お調子モノなアクアちゃん
可愛い。
アクシズ教入りたい
2013.10
みしま くろね

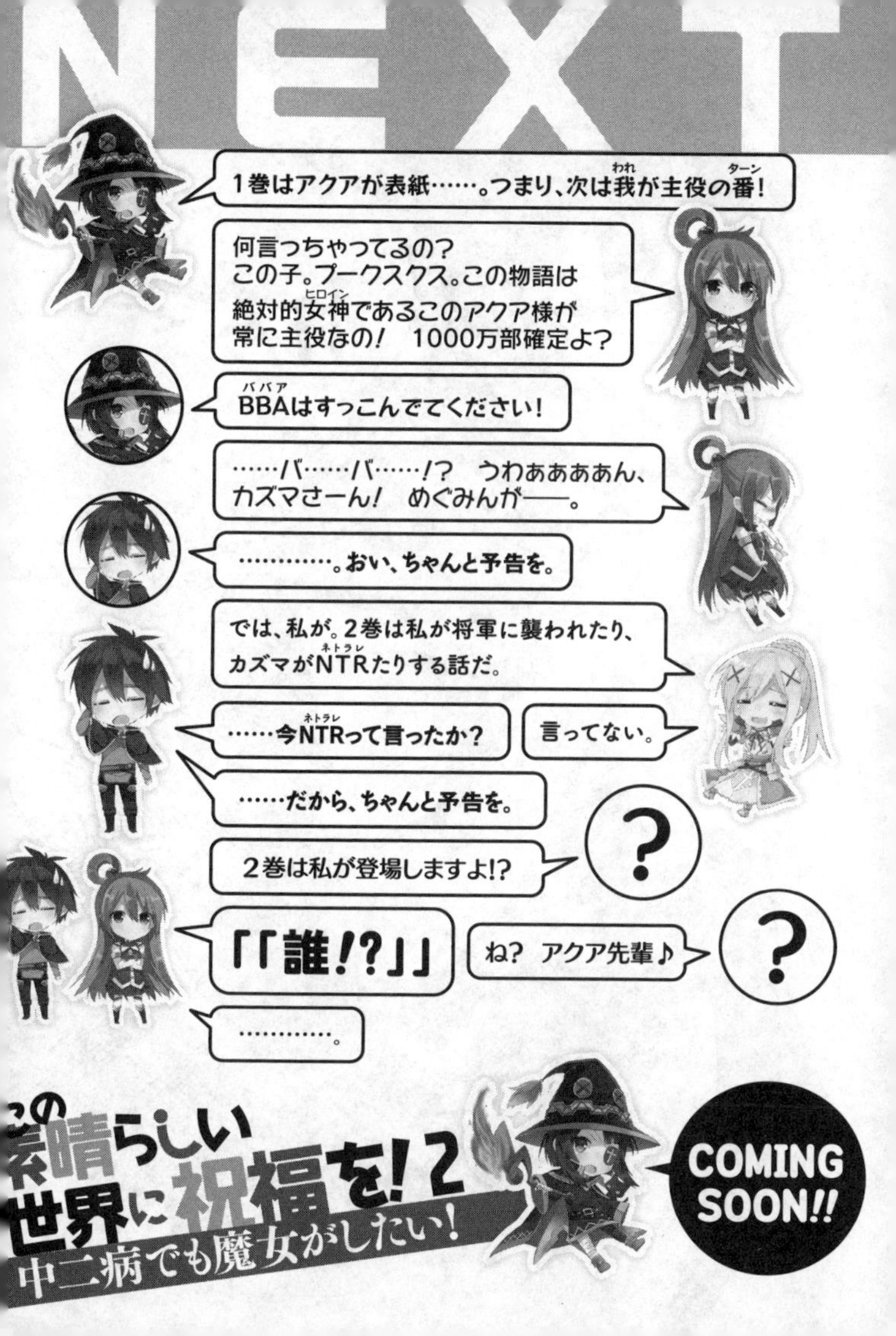
NEXT
1巻はアクアが表紙……。つまり、次は我《われ》が主役の番《ターン》!
何言っちゃってるの?
この子。プークスクス。この物語は
絶対的女神《ヒロイン》であるこのアクア様が
常に主役なの! 1000万部確定よ?
BBA《ババア》はすっこんでてください!
……バ……バ……!? うわあああああん、
カズマさーん! めぐみんが——。
…………。おい、ちゃんと予告を。
では、私が。2巻は私が将軍に襲われたり、
カズマがNTR《ネトラレ》たりする話だ。
……今NTR《ネトラレ》って言ったか?
言ってない。
……だから、ちゃんと予告を。
?
2巻は私が登場しますよ!?
「「誰!?」」
ね? アクア先輩♪
?
…………。
この素晴らしい世界に祝福を! 2
中二病でも魔女がしたい!
COMING SOON!!

この素晴《すば》らしい世界《せかい》に祝福《しゅくふく》を！
あぁ、駄女神《だめがみ》さま

著　暁《あかつき》 なつめ

角川スニーカー文庫　18170

2013年10月1日　初版発行
2016年5月25日　20版発行

発行者　三坂泰二

発　行　株式会社KADOKAWA
〒102-8177 東京都千代田区富士見2-13-3
電話　03-3238-8521（カスタマーサポート）
http://www.kadokawa.co.jp/

印刷所　株式会社暁印刷
製本所　株式会社ビルディング・ブックセンター

Printed in Japan　ISBN 978-4-04-101020-4　C0193

★ご意見、ご感想をお送りください★

〒102-8078 東京都千代田区富士見 1-8-19
株式会社KADOKAWA　角川スニーカー文庫編集部気付
「暁 なつめ」先生
「三嶋くろね」先生

角川文庫発刊に際して

角川源義

次世界大戦の敗北は、軍事力の敗北であった以上に、私たちの若い文化力の敗退であった。私たちの文争に対して如何に無力であり、単なるあだ花に過ぎなかったかを、私たちは身を以て体験し痛感した。代文化の摂取にとって、明治以後八十年の歳月は決して短かすぎたとは言えない。にもかかわらず、近の伝統を確立し、自由な批判と柔軟な良識に富む文化層として自らを形成することに私たちは失敗してそしてこれは、各層への文化の普及滲透を任務とする出版人の責任でもあった。

四五年以来、私たちは再び振出しに戻り、第一歩から踏み出すことを余儀なくされた。これは大きな不あるが、反面、これまでの混沌・未熟・歪曲の中にあった我が国の文化に秩序と確たる基礎を齎らすた絶好の機会でもある。角川書店は、このような祖国の文化的危機にあたり、微力をも顧みず再建の礎石抱負と決意とをもって出発したが、ここに創立以来の念願を果すべく角川文庫を発刊する。これまでたあらゆる全集叢書文庫類の長所と短所とを検討し、古今東西の不朽の典籍を、良心的編集のもとに、そして書架にふさわしい美本として、多くのひとびとに提供しようとする。しかし私たちは徒らに百な知識のジレッタントを作ることを目的とせず、あくまで祖国の文化に秩序と再建への道を示し、こ角川書店の栄ある事業として、今後永久に継続発展せしめ、学芸と教養との殿堂として大成せんことい。多くの読書子の愛情ある忠言と支持とによって、この希望と抱負とを完遂せしめられんことを願

一九四九年五月三日